穿越古镇去爱你

梦芝◎著

群言出版社
QUNYAN PRESS
·北京·

图书在版编目（CIP）数据

穿越古镇去爱你 / 梦芝著. --北京：群言出版社，2017.10
ISBN 978-7-5193-0360-0

Ⅰ. ①穿… Ⅱ. ①梦… Ⅲ. ①长篇小说－中国－当代
Ⅳ. ①I247.5

中国版本图书馆CIP数据核字（2017）第291157号

责任编辑：陈赫男
封面设计：Amber Design 琥珀视觉 · 宋欣蔚

出版发行：群言出版社
地　　址：北京市东城区东厂胡同北巷1号（100006）
网　　址：www.qypublish.com（官网书城）
电子信箱：qunyancbs@126.com
联系电话：010-65267783　65263836
经　　销：全国新华书店

印　　刷：北京柏力行彩印有限公司
版　　次：2018年6月第1版　2018年6月第1次印刷
开　　本：710mm×1000mm　1/32
印　　张：8
字　　数：166千字
书　　号：ISBN 978-7-5193-0360-0
定　　价：34.80元

一目录一
Contents

惶恐，却并没有接过巧克力，只是盯着那几本漫画书，一双大眼睛因为渴望而更加明亮，仿若天上璀璨的星星。

第三章　西递早春

真是一对可爱的老人！我心里感慨着。如果说廉的突然离去让我不再相信爱情，但这一瞬间，我又相信爱情了。

第四章　暖泉金花

女孩的语气里洋溢着骄傲和自豪，而我却心酸到想要流泪。廉常说我是一个理性的人，理性到让人害怕。但今天我却被这个陌生的女孩一再打动，看来，廉并不如他自己想的那样了解我！

第五章 周庄浮光

当那个说着会永远陪你、心疼你，要牵着你的手一起变老的人，现在却变成永远也不要再联系的人，回忆也就成了一场笑话。

第六章 婺源野渡

如果没有这段时间古镇行走的经历，我会接受李子，因为我们对生活的态度和观点是那样相似。但现在，我已经走上一条去触摸生命真实存在的路，而且越走越远，李子却依然在原地。我们即使在一起，也会因为这种分歧而争执，就像我和廉一样。

第七章　命源圆梦

“嗯。”小姑娘脸上露出笑容来。看着她的笑容，我却有一种说不出的悲凉。虽然说生命的质感不是由金钱所决定，但在病魔面前，金钱却是那么重要，不可或缺。

第八章　海国桃源

当我们看向那个女孩时，不由得都呆住了。那个女孩举止太怪异了，只见她一只手被中年妇女握着，脸扭向一边，头不停地晃动着，随着头的摆动，她的身子也跟着晃动，如果没有旁边那妇人，真担心她会掉到溪里去。

第九章　画里郭亮

我抚摸着小姑娘的肩膀，心里明白，正是父母的爱扶持她走过人生中最黑暗的路程。有这样的爱陪伴，她未来的人生不至于太黑暗。

第十章　王村芙蓉

“回学校是不可能的了，”芙蓉摇摇头，“别说我现在已经退学两年，就是刚离开学校也没有再回去的道理。那样会很丢脸的。”小姑娘的自尊心和我倒有一比，我暗自苦笑，等到有一天会为自己的过强自尊买单的。

第十一章　留守矮寨

“其实我最怕周末放假了，一个人在家里，屋子里静悄悄的没有一点声音，四面空空的都是墙壁。尤其是停电的夜里，家里只有我一个人，到处黑漆漆的，最吓人了。”女孩还告诉我，有时候她真不想上学了，去父母所在的城市里打工去，那样就可以一家人团圆，再也不会一个人想父母想到哭了。

第十二章　凤凰凤凰

一直不停说话的凤凰突然沉默了。好一会儿，她才说：“我们老师说，我不读书太可惜了。”我听了这话，心里真的好难过。

第十三章 阳朔三姐

那姑娘回头看向我们，然后很调皮地一笑，脆生生地回答："我在家排行老三，都叫我三姐。"说完，也不等我们说话，便跳上竹筏撑水走了。

第十四章 旋螺李庄

本来很平静的旋螺说到这里，突然有些激动起来，"其实，他们生下来就把我扔掉，我怎么可能再去找他们。在我心里，我的养父养母才是我最亲的人，这些年是他们疼我照顾我，我才能有今天的。"

第十五章 羌寨迷宫

这几年来，安安从来不让人亲近她，就连我妈都不行，没想到刚才竟然不排斥你与她靠那么近，而且她还冲你笑了，她笑了，你知道吗？豆子，如果我妈知道安安也会笑了，一定会非常开心。

第十六章　道乎悟道

其实，一场天灾所赋予的何止是死者的噩梦，更是死者亲人的噩梦，而死者亲人的痛苦又是所有亲属的痛苦。逝者已矣，但活者的灵魂要怎样才能得到安宁，这真是一个难题。幸运的是，安安的灵魂在这次行走中得到解脱，获得安宁，这也是一场幸事了。

第十七章　尼汝牧歌

在我看来，爱情固然重要，但友情却能让生命温暖，与爱情同样重要。于是小心翼翼地问："李子，咱们永远都是最好的朋友，是吧？"

第十八章　情断丽江

"哦。"我装着若无其事的样子，我不知道自己该说什么，但我脑子里有一个念头，就是千万不能让他们知道我和廉之间的事情，这样的见面真是太尴尬了！

第十九章　悟在米堆

当我们计较亲人的疼爱孰轻孰重，当我们纠结与恋人的爱恨情仇，却从来没有想到，他们要是有一天不在了，我们会承受怎样的伤痛和失落！与死亡相比，那些恩恩怨怨真的不算什么！

楔 子

1. 一封离书

中午快下班时，同事小米站起来，告诉我她要去订快餐。

“给我订一份吧。”我说。

“咦？你不是有爱心餐吗？”小米奇怪地看着我。作为两年的同事，小米知道我租的房就在公司附近，只需要五分钟路程。而且她也知道，我的男朋友廉是一个天生的美食家，做出来的饭菜色香味美，最关键的一点是，廉是一个自由职业者，所以他有大把的时间给我捣鼓好吃的。

每天早晨，廉都会问我想吃什么。等中午下班回家，餐桌上必定有我想要吃的菜肴。但今天是个例外。早晨我出门的时候，廉的卧室门还紧闭着，他没有像往日那样追出来和我告别，而我也正落得清静。我们认识半年时间，由于在同一个屋檐下生活，我们虽然还是恋人，但却过起了柴米油盐的生活，与小夫妻唯一不同的是，我们各有卧室。我答应廉，要是一年之内，我们还相爱，我就和他去见家长，就做夫妻之间才做的事情。

但才过去半年，我们已经吵了很多次。每次都是我先吵起来，而且每次吵完以后，廉都会表现出他大男人的风度，率先向我示好。但这一次，廉却意外地沉默了。我当然也不肯先低头，于是我们便进入了冷战时期。

快餐又冷又难吃，我只吃了一口便把它扔进了垃圾桶。小米看着我笑，她说我的胃口被廉惯坏了，要是有一天廉离开了，我只怕会被饿死。

我对小米的话很不以为然。廉怎么会离开我？他第一次看到我便喜欢我，为了我，他放下自己的兴趣和爱好，心甘情愿地留在这座陌生的城市。也正是因为确定他不会离开我，我才会这么肆无忌惮地和他吵闹。看着QQ面板上廉灰色的头像，我想，都什么时候了，还没有上线，莫不是还赖在被窝里睡懒觉？看来不回家吃饭倒是便宜了这个家伙。

因为工作室赶进度，所以全体加班两个小时，等我回到家天已经黑了。加班两个小时都没有一个问候的电话，哼，为了表示我还在生气，我没有像往常那样摁门铃，而是掏出钥匙自己打开了门。

屋里黑乎乎的，让人有一种莫名的惊悸。我打开灯，却没有看到廉。只有一张信笺摆在桌上，上面的钢笔字棱角分明，刚劲有力，这是廉的笔迹。我曾经对廉说：“你要是看上哪个女孩子，只要用钢笔写一封情书，就冲你的字，也会把女孩子追到手。”廉笑着说我这是变相贬低他的相貌和才华。

信很简短，只有几句话：“我走了。当你说不再需要我的时候，我留下来已经毫无意义。”才看了一句话，我便忍不住泪流。每次吵架时，我总是说自己不需要他，让他走。但那都只是顺口说说，没想到他竟然当了真。“我厌倦了争吵，在日复一日的争吵中，我看不到我们的未来。我想，你应该有比我更好的男子来守护。你是一个坚强的女孩，一直是。我也会做回那个以前的我，以后，我们都不要再联系了。”

我发疯般冲进廉的卧室，却发现卧室里空荡荡的，廉就这样突然从我的生活中消失不见……

第一章　浦源莲莲

2. 在绝症面前，失恋算得了什么

我不吃鱼，廉却酷爱吃鱼。为了餐桌上该不该有鱼这道菜肴，我们常常起争执。当一条条活蹦乱跳的鱼儿被煎炸到两面酥脆，安静却僵直地瘫在鱼盘中，我总会忍不住指责廉的残忍。当廉从我的生活中突然消失后，我的厨房里再也不会充斥难闻的鱼腥味，但我却失落而忧伤。

我有廉的手机号码，但因着那句“我们都不要再联系了”，我没有给他打电话，我只是把QQ日夜挂着，但他的头像一直是灰色。我失魂落魄地不停地刷新他的博客、微博和他常去的几家论坛，但都没有他更新的痕迹。那一刻，我才知道我是多么深地爱着廉。

廉消失得很彻底，就好像他从来没有在我的生命中出现过一般。失去廉的我，就像一条鱼突然从海里被抛到岸上，干涸得让我绝望。在消沉了一个星期后，我背起了行囊。而在这之前，我从没有一个人出去行走过。廉说：旅行，该是治疗寂寞和忧伤最好的妙方。

当我听说有一个地方，人们将鱼儿看成是与人类同等地位的物种，而且死后还能得到像一位至尊长者那般隆重的葬礼时，我便迫不及待地要去那儿看一看。那一刻，我心中想着的全部是廉。廉是一个旅行达人，我们认识之前，他的足迹已经踏遍祖国的许多山水。不过，我敢肯定的是，他从来没有来过这个地方。我想，等我与廉重逢的时候，我要告诉他，在那个名叫浦源的地方，鱼儿也有生命的尊严。尊严，是一个多么神圣的词汇啊！历来神圣的东西总是需要付出很多代价来保护的，就如我们为了保护爱情里的尊严，而不得不承受失恋和思念的折磨。

浦源村在福建周宁县。我到周宁县时正好是中午时分，本想马上就去浦源村，但这些天的茶饭不思，加上路途颠簸，导致胃病复发了，我只好先去了最近的一家医院。

刚走进医院，就见一个十六七岁的女孩从医院里冲出来，然后藏在一个僻静的拐角处无声地哭泣。很快，一个中年妇女也跑出来，满脸焦急地四下张望着。那个女孩看见妇女，停止了哭泣，抬手悄悄抹掉脸上的泪珠后，笑着走了出来。

医生说我的病需要输液两天。在这陌生的县城里，我也无处可去，干脆请医生帮我办了住院手续。就这样，我的古镇旅行第一站便变成了医院。

来到病房的时候，我意外地发现在院子里哭泣的那个女孩正躺在旁边的病床上。女孩很瘦，白皙的皮肤，清秀的面容，一双大而清澈的眼眸。想起刚才看见的一幕，我探究地看向她。对上我的视线，她微微笑了，脸上有两个酒窝，笑容很甜美，却掩不住她憔悴的面孔和眼底的忧伤。我很快得知，这个女孩名叫莲莲，那个中年妇女是她母亲，是一个质朴的乡下妇人。

莲莲话不多，只是安安静静地看书，等她母亲出去以后，我看到她拿出一个本子来，在上面不停地写字。等她母亲进来，她连忙合上笔记本。她母亲问她在做什么，她说在做功课。她的母亲听见这句话眼眶突然泛红了。莲莲见此情景拉着妈妈的手笑着说："妈，你不要担心，我自己觉得精神一天比一天好，过几天就一定可以出院的。"

母亲强笑着点点头，她显然不想和女儿再说这个话题，于是回过头来和我说话。得知我一个人出来旅游时，莲莲脸上露出羡慕的表情，她对母亲说："妈，我上了大学后也要去旅游。"母亲笑着点点头，但我却分明看到母亲眼底的悲伤。听说我要去浦源村，女孩突然来了精神。她说，她家就在浦源附近的一个村子，浦源村是她和小伙伴常去玩耍的地方。她还说等她好了给我做导游。

医院的夜里根本无法入眠，幸好有这母女两个在病房里，我倒也不觉得无聊。不过，很快我就发现一件事情：在母亲面前，莲莲脸上总是挂着笑容，根本就不像一个生病的人。只有在母亲背过身去之后，她才会蹙紧眉头，咬着牙忍受病痛的折磨。我暗暗揣度这个女孩究竟生的什么病，但毕竟是初次相识，也不好问。不过很快我便知道了答案。

半夜十二点时，我起来去洗手间，意外地看到莲莲母亲躲在卫生间里哭泣。我很震惊，便和她聊了起来。在谈话中我才知道，原来莲莲是一名高三的学生，这段日子以来，她发现自己的身体越来越差，常常感到注意力不能集中、易累，有几次，走着走着就晕倒了。她和家人都以为是加紧复习准备高考疲劳过度引起的，所以也没有在意。直到二十多天前，她一天竟然晕倒了四次，父母这才带她来医院检查，谁知医生查出女孩患了癌症，是晚期，已经全身扩散，这个消息宛如一个晴天霹雳炸在这位母亲的心上。

“你知道吗？那天正好是我女儿十八岁的生日。每一年她的生日都会收到许多美好的礼物，谁知道在她十八岁的生日当天，竟会收到一张死亡通知书。”说到这儿，莲莲的母亲哽咽着说不出话来。好一会儿，她才说，“女儿学习很好，现在在实验班里排名前三，他们班主任说了，以她的成绩，一定能够考上重点大学。现在患了这种病，她还一直不知道，你看她每天复习功课，她心中还盼着回去上学。每次看见女儿这么懂事，我就好痛苦，我真怕自己不能支撑下去。”

想不到那个宁静、美好的女孩竟然会是绝症病人，我怔住了，随即恍然明白她为什么会露出那么痛苦的表情，原来她一直在承受着死神的折磨。十八岁生日、癌症晚期、死亡通知书，当这几个毫不相干的词语和这个美丽的生命联系在一起时，我心中除了难过，就是深深的叹息。望着眼前这个绝望的母亲，我能感受到她的心酸和悲痛，但是，我不知怎么去安慰她。莲莲母亲抹了一把泪，对我说道：“你一定要记得帮我保密啊。我怕她知道以后会崩溃的。”

望着泣不成声的母亲，我重重点头。当自己的亲人在一夜之间被死神选中，谁能经得起这样的打击呢？我以为廉的离去让我的世界变了颜色，但与即将失去女儿的莲莲母亲相比，我的悲伤又算得了什么呢？

3. 面对无常，好好活，别伤心

早晨我醒过来时，发现莲莲母亲出去办事了，莲莲正埋头在本上写字。护士进来说她不能太累，需要多休息，莲莲乖乖地放下笔和本。护士走后，病房里只剩下我们两个，于是我们聊起来。莲莲和我说了很多话。她告诉我，她和奶奶最亲，而奶奶刚去世一个多月，她很想她。爸爸以前生过一次病，再也不能干体力活，家里的重担全部落在母亲身上，现在母亲又要照顾她，才几天时间，母亲已经憔悴了许多。说到这儿，莲莲望着窗外，眼里闪动着晶亮的东西。

与莲莲同病房的日子里，我发现只要母亲不在病房，她就会拿出那个笔记本来写字，我想这是一个热爱生活、内心充实的女孩。除此之外，她还始终保持着对人对生活的热忱，虽然是一个癌症晚期患者，自己承受着病痛的折磨，但每次我输液的时候，她都会帮我看着药瓶，一旦快输完，她便去喊护士来换药。有莲莲的陪伴，我在异乡的医院里并不孤单。

两天后，我的胃炎好了，但莲莲的状态却很糟糕。她为自己生着病而无法给我做向导感到很遗憾。面对这个生命已经进入倒计时的女孩，我知道自己无论说什么都苍白无力。倒是莲莲强打精神笑着对我说："姐姐，我昨天做了一个梦，奶奶来看我，说我的病很快就会好起来的，所以你们都不要为我担心。"

"嗯，相信你。"从来不愿意对陌生人许诺的我第一次向莲莲郑重许诺道，"莲莲，等你上了大学，我来接你去北方玩儿，去石家庄、去北京。我不食言，你也不许食言。咱们拉钩。"我和莲莲的手指紧紧勾在一起。莲莲的手指冰凉，那一刻，我仿佛感觉到莲莲鲜活的生命正从她的指尖慢慢流逝。

临走之前，我决定去买个礼物送给莲莲。几个小时后我回到病房，却见莲莲那病床上空空荡荡。而莲莲的母亲正拿着一个笔记本哭得死去活来。护士告诉我，在我走后不久，莲莲便去了另一个世界，这是莲莲给父母留下的遗书。原来她每天写字竟然是在写遗书，看着那娟秀的字迹，我的心战栗了。

"爸爸妈妈，当你们看到这些信的时候，我已经不在人世间了。你们一直隐瞒着病情，怕我会崩溃。其实，早在医生告诉你们那一刻，我就在外面听见了。妈妈是一个坚强的人，长这么大，我从来没有看见妈妈哭过，可是那天妈妈竟然哭得那么伤心难过。我心里痛啊。因为怕妈妈落泪，所以我答应你们在医院里住下来。不过这一天总会到来的，我走了没关系，因为那边有奶奶陪我。但是你们有谁陪呢？爸爸，妈妈，我走了以后，你们会孤独和痛苦，但是你们一定要坚强，为了我也要勇敢快乐地活下去。一定要记住，别伤心，好好活着。"

我慢慢回忆起这几天与莲莲在一起的片段，在母亲面前，她脸上总是挂着笑容，根本就不像一个生病的人。只有在母亲背过身去之后，她才会蹙紧眉头，咬着牙忍受病痛的折磨。这个坚强的女孩啊！不知什么时候，我已经泪流满面。

从县城到浦源村这一路上，我都在为坚强豁达的莲莲唏嘘感叹。直到踏上村落里狭长的明清古道，我的思绪才从莲莲的悲伤遭遇中拉回到历史里去。古时候，这条闽东通往闽北的要道见证了多少人事兴衰，而今这条路早已被岁月打磨光滑。生命短暂，岁月沧桑，早已是物是人非了。当初走在这条路上的那些人早已化为尘土，而当初那个对我说“非你不可”的人，现在你在哪里？

穿过明清古道，便来到神奇的鲤鱼溪。浦源村在千百年前因为爱鱼、葬鱼自成习俗，到了这儿，如果有幸能够看到鱼葬，便能懂得世界大同、万物生命大同的道理。当我参悟透这个道理的时候，我多么想要廉在我身边，可遗憾的是，他已经离开了。

人生总是有着这样或那样的遗憾。莲莲说得对，面对生命的无常，我们能做的就是好好活，别伤心。

第二章　柳江可可

4. 只要心里有光明，就不会害怕

在浦源的溪水边，我以为自己可以把廉忘掉，但回到家才发现，思念并没有因为一趟出行而减弱。廉曾经在这里住了半年，屋里到处都有他留下的痕迹，廉的气息无处不在，有关廉的回忆像是一张网将我罩住，越挣扎越紧，紧到几乎让我窒息。

除了出逃，我别无他法。正好公司要派一个人去眉山办事，从不爱出差的我第一次抢着报了名，这让上司艾丝和小米都纳闷不已。在她们惊诧的目光中，我提起旅行箱再次踏上了旅程。临行前，小米对我说，那家公司主管是一位帅哥。小米笑得很暧昧，我却心如止水。在我眼里，除了廉，谁还能称得上帅哥呢？

踏上从石家庄飞往成都的飞机，望着洁白的云朵在机窗外翻飞，我的心痛稍稍平复了一些。出行，果然是分散注意力最好的办法。正如小米说的那样，来接机的是一位年轻帅哥，名叫李子，看到我他有些诧异。原来这家公司已经和我们合作了好几次，但每次都是小米来，所以这一次看到是另一个人，这让他有些意外。

李子性格很爽朗，而且善解人意，和他合作自然是一件愉快而极有效率的事情。本以为五天才能办好的事情两天就办好了。一旦闲下来，廉的影子便会霸气地占据我所有的思绪。李子看我情绪不高，笑问我是不是失恋了，本是一句玩笑话，却让我泪流满面。

我是一个好强的人，廉的突然离开给了我太多的措手不及。家里的亲人和身边的朋友都知道我有男朋友，我无法张口告诉他们，我的男朋友弃我而去。我只能把这份失落和忧伤打包装进心里。而李子的这句话却轻易戳破了我的壁垒，所有的痛苦在瞬间倾泻而出。人总是这样，对熟悉的人因顾虑重重而设防，反而对陌生人更容易敞开心扉。

“失恋是人生的情感必修课，没什么大不了。”得知了我和廉的故事，李子拍拍我的肩，如是说。这时，他的手机响了起来。接完电话后，他告诉我，他要去洪雅县的柳江镇一趟。

我想我应该和他道别，谁知他却拍着自己那辆黑色越野车说：“来，让我带你去柳江古镇。据说那儿的大榕树是很灵验的许愿圣地，你或许可以去那儿许个愿。”

我从来不信算卦占卜之类的事情，但这一刻我却心动了。如果许愿能够灵验的话，我会祈愿廉重新回到我身边来。为了廉，为了我们那份曾经的爱情，我踏上了去往柳江的路程。

与我们一起去柳江的还有按摩师左宁。她是一个相貌清秀甜美的姑娘，而且酷爱戴墨镜，从上车一直到柳江镇下车，她的墨镜都没有摘下来过。我以为她在耍酷，但后来我才知道她是一个盲人，墨镜只是用来遮掩缺陷而已。

左宁告诉我，其实，刚生下来的时候，她是一个健康的孩子，最喜欢在田野里玩耍。到了秋天，黄色的稻谷一望无边，是她怎么看也看不够的景致。灿烂的金黄和湛蓝的天空，是她最喜欢的两种颜色。她最喜欢的事情便是画画，她梦想着将来能成为一个画家，画出最美丽的秋天。为了帮她实现梦想，母亲还给她报了绘画班。

但在十五岁那年，她背起画板去田野画画时，却看到一群少年围在一起玩着雷管。他们欢乐的笑声吸引了她，她好奇地靠近前去，一声巨响之后，她的眼睛被炸坏了。那时候，她刚以优异的成绩考入重点高中。本来是一个充满美好希望和梦想的人生，一瞬间跌落在地上，哗啦一声摔得粉碎。从此，她的世界变得一片漆黑。

那段日子，她绝望、痛苦，最终崩溃。她摸索着将自己的画笔全部扔掉，还砸了画板。但在筋疲力尽后她明白了一个道理：即使把整个世界都砸烂，她也不可能回到从前了。她把自己封闭起来，再也不迈出家门一步。

望着沉默的孩子，父母心疼不已。治疗她的眼睛花光了家里所有的积蓄，为了挣钱还债，父亲放弃了家里闲适的生活，出门去打工。母亲则守在她身边，陪她度过每一个黑暗的日子。明知道女儿的眼睛没有复明的希望，但他们依然四处奔走打听，希望能有一剂神药给女儿治好眼睛。但这一切她都看不到，她只是陷在自己的恐惧中无法自拔。

有一天，母亲出外帮她寻找药方，直到夜深依然没有回来。她坐在门口，紧张地听着外面的动静，希望能听见母亲熟悉的脚步声。但是她一次次地失望了。内心的担忧和恐惧搅得她心神不安，让她实在无法等下去。于是，她向门外那条小路摸索而去。她以为自己会不断地摔跤，也做好了这个思想准备。但是，这条小路她走了整整十五年，路上哪儿有一个水洼，哪儿有一棵树，她全部记得清清楚楚。所以她竟然没有跌倒。

母亲回来时，在黑暗中拥着她失声痛哭。那一刻，母亲崩溃了。多年之后，左宁依然清晰地记得自己轻轻拍着母亲的后背说："妈，你不要害怕。你看宁宁眼前的世界一片黑暗，宁宁都不怕。"

我好奇地问她："你那么小，还待在一个黑暗的世界里，你真的不会害怕吗？"

"以前是害怕的。但我妈崩溃的那一瞬间，我知道我再也不能害怕和躲避下去了。否则我只能把我父母一起拖进黑暗中来。你要知道，在黑暗的世界中，父母的爱便是点亮我内心世界的光明。有她们在，我的心里就会亮堂，就不会害怕。"左宁的声音不大，却异常坚定，"如果把他们拖垮，那么我们一家人都将在黑暗中度过，永无天日。"

第二天，左宁去了盲人学校。黑暗的世界是一个举步维艰的世界。为了培养她的自理能力，老师建议她住校生活。因为不熟悉学校的环境，她经常摔倒，每一次，她都是忍着泪爬起来继续走。经过半年的刻苦学习，左宁不但能够生活自理，而且已经可以阅读盲人书籍。她用盲文写出来的作文经常被老师当成范文在全班阅读。为了让孩子有生存的能力，父母送她去学习按摩。左宁也不负众望，刻苦学习按摩手法，很快便成为一名优秀的按摩师。别看她才二十岁出头，但她的按摩技艺已经非常了得，能缓解腰肌劳损和偏头疼等多种病。李子这次便是请她去柳江给他姑父做按摩治疗的。

在古镇前的河面上，有一座呈S形的独特的桥。这不是一个完整的桥面，而是用一个一个的石墩摆放在河面上，每个桥墩中间是哗哗流淌的河水，人们过河的时候，需要一步步迈过那些桥墩。胆大的李子背起左宁大踏步而过，像我这般胆小又怕水的人只好战战兢兢地慢慢挪过去了。李子在对岸笑我胆小如豆，并擅自给我取了外号“豆子”。

当这个才认识两天的男子用亲昵的口吻喊我豆子时，我没有生气，而是对他报以微笑。这是廉离开后，我第一次畅意地笑。不生气的原因并不是因为他是帅哥，而是因为我的乳名就叫“豆子”。除了老家的亲人，便只有廉知道这个小名，但我永远也不会告诉李子这是我的乳名。除了廉，我想不会有谁能让我那么不设防地将自己的过去全部坦露出来了。

到了古镇旧街，李子带左宁先去他姑姑家，我独自一人去寻找传说中的许愿树。我从来没有如此迫切地想要为一个人去朝拜一座庙或是一尊佛，更别提一棵树了。很多人都是这样，当我们不能拥有达成自己心愿的力量时，便会期盼有一种神奇的外力来帮助我们。只是古镇上树木繁多密集，湿润的气候使它们都长得枝繁叶茂、高大粗壮，我搞不清楚究竟哪一棵才是许愿树了。

5. 当世界都嫌弃你，你依然要自强

就在我站在一棵榕树下茫然的时候，耳边响起嘭的一声，把我游离的思绪拉了回来。我扭脸循着声音看去，只见对面一所老房虚掩着的大门被推开，刚才倚着门站着的一个瘦小女孩跌了进去。她怔了一下，然后像一只受惊的小鹿，猛地跳起冲出来。街上此时人并不多，但她依然跑出很远去，才回头看了我一眼。在阳光下，她清澈的眼眸宛如水晶一般散发着晶莹的光芒。望着她慌张的背影，我有些愕然，随即便笑了起来，小女孩显然吓坏了。

因为情绪低落导致状态不佳，等走完古镇，我的双腿已经沉得迈不动步子了。我在一棵大树下坐下来，仰脸看着阳光从繁茂的枝叶间透下来，这一刻，任时光慢慢流转，凡尘俗世的一切都已远离，廉的影子也在我脑海里渐渐淡去！我想，如果真能就这样把他忘掉，倒也不失为一件幸事。

我叹了一口气，拿出背包里的饮料喝了好几口。当我要把饮料放回背包时，才发现刚才那个女孩就坐在旁边不远处看我。

我把手里剩下的多半瓶饮料递给她，谁知她摇摇头，只是紧紧盯着我的背包，眼睛一眨也不眨，仿佛里面有什么宝贝似的。其实我的书包里只有一瓶饮料、几袋零食和巧克力，剩下的便是刚才为打发时间在书摊上买的几本漫画书了。

我仔细打量着这个女孩，她十二三岁的样子，虽然穿着寒酸，但她五官清秀，这让我的心没来由地生出一丝爱惜来。我取出巧克力给她，谁知她羞怯的脸上闪过一丝惶恐，却并没有接巧克力，只是盯着那几本漫画书，一双大眼睛因为渴望而更加明亮，仿若天上璀璨的星星。

我叹了一口气，拿出书递给她。她眼里闪动着惊喜的光芒，犹豫了一下便伸出手来接过书去。就在这时，李子的声音突然响起来："豆子，豆子。"女孩听见声音，慌得抱着书转身跑了。我抬起头来，只见李子和左宁还有一个中年妇人急匆匆地走过来。

李子告诉我，这是他的大姑，家在古镇边一个村子里。寒暄了几句后，李子的大姑神色紧张地问我："你没让那个小孩儿挨近你吧？"

"没有啊。怎么了？"我纳闷地问。

"嗨，这个小姑娘也不知道是谁家的孩子，到处流浪，还去过我们村呢。谁想到她现在又来到镇子上了。"李子的大姑忽然压低声音说，"告诉你哟，这个女孩有传染病，你千万不要让她靠近你啊。"

"传染病……"我和李子的脸色都变了，"不是说她是流浪儿吗？怎么知道她有传染病？"

“咳咳，这都是大家传的，其实大家只知道她叫可可，她的传染病究竟是不是真的谁也不知道。”李子的大姑有些尴尬地解释说，“不过真要是传染病，一旦传上，一家人都要遭殃，所以防着点儿总是没有错的。”

我和李子对视一眼，同时摇了摇头。谣言还真是可怕！我向女孩跑开的方向看去，心里在为这个女孩暗暗难过。她那双对书籍充满渴望的眼睛深深地烙进我的脑海里，当世界都嫌弃她，也不再给她爱的时候，她没有放弃自己，她爱书籍，便是爱着生命。这样甚好。

夜色渐渐浓了，我们回到客栈。坐在客房的窗前，品茶眺望，只见柳江古镇灯火辉煌，在迷离的光影中，人影绰绰，笑声连连，竟给人一种置身仙境般的错觉。我多想有人能分享我的这份奇妙感受，这个人自然是廉。

但当我拿出手机，翻出廉的手机号时，我却想起了廉在那封信里的那句“我们都不要再联系了”，这句话像是一把利刃狠狠扎在我的心上，这些日子他从来没有给我打电话，我的自尊心不容许我去联系他。我叹了一口气，始终没有摁下通话键。

突然想起我们之间的第一次争吵，也是源于我的自尊心。那次我接了一个项目，虽然用心去做了却并没有得到认可，我心情糟糕到了极点。廉劝我看开些，我顿时和他大吵了起来，我说：“你不是我，你当然看得开。”

廉还想要劝我，我冲他大声嚷：“你走，我的生活不需要你来指手画脚。”廉沉默了，现在想起来他眼里是满满的难过，但我当时却一点也没有看出来。过后，廉说："豆子，你的自尊心太强了。"

任何事情只要开了头便会有第二次、第三次……恋人间的吵架也是如此。有时候，他一句无心的话伤到我的自尊，我便会和他闹一场，我是不会认错的，哪怕知道自己错了也不会说出来，因此每一次总是以廉的妥协结束。每次和好后，廉总是会叹一口气，说："豆子，人应有自尊心，但自尊心太强却不是好事情。"

自从廉走后，我一直失眠。谁知在柳江的那一夜，枕着吊脚楼下的河水哗哗声，我竟然一夜无梦。吃完早餐，我们在镇子上转了一圈，竟然再次遇到那个名叫可可的小女孩。其实她并没有病，只不过是父母离异后与继母生活在一起的一个叛逆女孩，她觉得母亲的离去是遗弃她，后母也嫌弃她，所以她自暴自弃，宁愿出来到处流浪也不愿意回去和继母生活在一起。

李子给小姑娘买来许多食物，我则把包里的所有书都一股脑儿送给了她，并默默为她祈祷，这么喜欢书的一个女孩子，但愿她能有一个美好的明天。左宁也拿出自己包里的书，自嘲道："只可惜我这些书都是盲文书，可可，你的眼睛能够看见，所以用不上这些。"

可可得知这位大姐姐是个盲人，却依然看书学习时，小脸上充满了崇拜和仰慕。而我和李子更多的是惊讶，因为左宁拿出来的书竟然是高考教材。

左宁对我们说道："在我心里，一直有一个梦想，那就是上大学。但我这几年一直在学习按摩，现在要做按摩师，所以只好选择自学了。”过了一会儿，她又对可可说：“可可，你现在还小，但你喜欢书籍，说明你是一个积极的孩子。姐姐告诉你，人生路途漫长，即使全世界都嫌弃你，你也要坚强。谁都会有一个人面对黑暗的时候。不过，千万不要自暴自弃，更不要恐惧、绝望，要记住：保留好心底的火种，然后积蓄力量点燃它，那样才能帮助你穿越黑暗，走进明亮的世界！”可可睁着明亮的眼睛，似懂非懂地点头。我想，虽然她现在还小，但左宁的顽强和坚持不懈一定会在她的人生观中刻下深深的印记。

临走时，我特意再次从跳石桥经过。这一次没有昨天那般胆怯，倒多了一份闲情逸致。细看跳石桥迂回曲折，呈八卦线状，这是应了道教天人合一的理念，但又何尝不像是我们起伏曲折的人生历程，我的、左宁的、可可的，我们每一个人的。

第三章　西递早春

6. 尽头，暗藏密道

从眉山回石家庄，需要到成都去乘坐飞机。成都，是我生命中最熟悉的城市，我熟悉这里的每一条街道，而每一条街道也都承载着我的幽怨和悲伤，因此我并没有停下来逗留，而是径直去往机场。

回到石家庄的家里，回忆起与廉在这里半年的点点滴滴，我再度沉入失去爱情的痛苦海底，就在这时，李子的电话打来了。他告诉我，合作的项目已经通过，我听后惊喜不已。因为艾丝说过，要是这个项目拿下来，我就可以有十天的假期。巧的是李子也是做完这个项目便休假。他要去西藏旅游，听说我有假期，他问我可有兴趣与他一起结伴去西藏。

李子的话让我心里一动。廉说，西藏是每一个旅行者心中的圣地。半年前我们相遇的时候，他正打算骑单车去西藏。但在路过石家庄时，却碰到我被人抢劫，后来他便为了我在这座城市留了下来。

我也曾问他为什么，他说：“西藏虽然是圣地，但我随时都可以去，而一眼便爱上一个女孩的概率，这一辈子可能只有一次，我自然要珍惜。”说这番话的时候，廉应该和我一样，都没有想到会是现在这样的结局。

“豆子，去吗？”李子在电话里问。我本来是想要去的，但听得出他的话语中有几分喜悦和期盼，我便拒绝了他的邀请。踩着一份新的感情从旧的感情泥沼里爬起，这是我最不齿的行为。

不过，我总是会去的，因为这是廉魂牵梦萦的地方。我一直以为自己是了解廉的，但他的突然消失让我惊觉自己根本就不了解这个与自己同住半年的男人。廉是一个资深驴友，在认识我之前，他总是行走在各地的大自然里。而今，我要用他最喜欢的生活方式去感受和了解他！

在这之前，我除了学习便是工作，每次当廉说起旅行的乐趣时，我都不以为然，但浦源和柳江这两次旅行却让我真切地体验到漫步古镇、感受那种古朴而深厚的历史文化的乐趣。不过，中国的古镇这么多，我究竟该先去哪一个呢？

就在我犹豫不决时，母亲打来电话，告诉我在安徽上大一的弟弟生病了。母亲抽不出身来，因此很着急，我连忙安慰她，并告诉她我有几天假期，可以去那边探望弟弟。

我以为这几天假期出游古镇的计划泡汤了，但后来证明我是错误的。人生常常会遇到这种情况：本以为会走上一条不相干的路，走过去后才发现尽头原来暗藏密道，曲径通幽。

我提前与弟弟通电话，得知他已经发烧好几天，嗓子也哑了，难怪母亲会着急。这些日子我只顾着自己的哀伤，却忽略了弟弟，我有些内疚，连忙买票赶去安徽。

我带着弟弟去医院检查，确诊患上了流感，只需要输两天液就会好，我这才放下心来。医生得知我从一千公里之外赶来陪弟弟看病，不禁摇头感慨现在大学生的自我照顾能力太差。弟弟不好意思地笑了，我拍拍弟弟的肩膀以示安慰。

其实，这一切都不怪弟弟。从小母亲就宠弟弟，什么事情都是她一手为他代劳，而我也被母亲训练成弟弟的半个小保姆，尽管我只比他大六岁。廉说我因为母亲对弟弟好而难过，是因为我自尊心强，但他却没有想过，我那时候也只是一个孩子。

不管有多么难过，血浓于水是不假的。弟弟如果过得不开心，我也会不开心。但爱情就不一样了。当初两个人情浓意浓，非君不娶非君不嫁，一旦闹翻了便你南我北，生死不相往来。譬如我和廉。所以说，爱情只有发展成亲情才能够长久。

两天后，弟弟痊愈了。得知他的病打乱了我旅行计划时，弟弟自告奋勇地要做我的向导，带我去黄山一游，他还说黄山脚下有很多古镇，那儿的徽派建筑美轮美奂，尤其是南麓的西递和宏村古镇，被称之为皖南古村镇的双生姐妹花。它们因保存完整的徽州民居和悠久的历史文化底蕴而著称于世。西递更是被世人赞为“桃花源里人家”。

弟弟的一席话打动了我，但我严词拒绝了他的陪同，生病的人是需要静养的嘛！在弟弟哀怨的眼神中，我坐上了去西递的汽车。

7. 秘诀在门额里

西递村位于黟县县城东八公里处，在半山处的观景台环顾西递，只见西递坐落在连绵起伏的山峦间，白墙黑瓦，在天地间是那样和谐自然。那天正赶上早春的第一场雨，烟雨中的西递别有一番韵味。

“你知道为什么这个村子叫西递吗？”身后突然响起一个很大的声音，把我吓了一跳。

我回过头看到两位银发老人，他们手牵着手站在一起。老先生手里撑着一把伞，但我发现那伞几乎整个儿都在老婆婆头顶上。老先生穿着一件黑色呢子大衣，细雨飘落在他暴露在伞外面的右肩上，然后凝结成一粒粒小水珠。

见我回头，老先生露出歉意的笑，他耸耸肩，肩膀上的水珠便叽里咕噜地往下滚落，像一个个调皮的小孩子。老先生低声说：“对不起啊，我老伴儿耳背了，我不大声点儿她听不见啊。”

解释完，他并没有在意我的回答，而是又指着西递继续对老婆婆大声喊：“因为有几条河顺着这个村子从东往西流，所以很早以前是称之为西川。后来，官府在这里设置了驿站，因此改名为西递。”说完，老先生并不看风景，而是低头专注地看着老伴儿，直到老婆婆脸上露出了然的神色，老先生这才咧嘴笑了起来。

这个笑容竟让我内心生出许多感动来。年轻的时候都期盼有一份轰轰烈烈的爱情，用以燃烧那最美好的时光。但当你韶华老去，耳聋眼瞎，谁会在你生命暗淡萎靡的时光陪着你，走路时牵你的手，下雨时为你打伞，耳背时不顾形象为你大喊?!

还没有走进村子，远远的已见一座雄伟的牌坊高高耸立在村口，这便是兴建于明朝时期的胡文光牌坊，也称西递牌坊。在我欣赏牌坊时，那对老夫妻已收起雨伞，穿过了牌坊，正沿着月湖缓缓向前行走着。

小雨停了，四周弥漫着清新的空气。虽然是早春时节，但村子周围的植被都已经抽芽泛绿。村口的月湖清澈宁静，在周围绿色植被的衬托下，泛着早春的嫩绿气息。而在这片嫩绿中，那两位老人银白的头发很是显眼。生命的迟暮和新绿就这样毫无预警地突然相遇，但却互不排斥，而是自然地交融在一起。原来，生命无论是早春还是暮冬，都是一道迷人的风景。

细雨再次连绵，撑开一把油纸伞，沿着青石板铺成的小路，漫步在西递蜿蜒曲折的街巷里，我的脑海里依然都是廉。廉说过，想要感受一个古镇的魅力，不光是表象所流淌着的这一切，而是要去细细品味湮没在岁月之河中的文化底蕴。这样的文化在西递随处可见。每户人家的门楣上都镌刻着精美的楹联，各个古宅里的墨宝，尤其是“敬爱堂”后厅里那个斗大的“孝”字，据传是朱熹的墨迹，这个字也颇有寓意：从右上侧看起来，整个字像一个后生跪地作揖，而从左下侧看却像是一个猢狲嘴脸，意思是劝诫世人以孝为本。我想，可惜廉不在这里，我多么希望和他一起分享这一切美丽的事物啊。

我的心陷入惆怅中，竟不知什么时候雨停了。我决定离开西递，这时，我再次听见了那位老先生的大嗓音。

我顺着声音来到古宅“大夫第”前，只见老先生和他老伴儿依偎着站在楼前，老先生大声对老婆婆说：“古时候小姐们抛绣球的绣楼就是这样子的，你要不要上去抛一下啊？”

“哎哟，你这个老头子，说话越来越不靠谱儿了，都这么老了还抛什么绣球哦。”老婆婆显然是苏州人，一口吴侬软语很是好听。

“嘿嘿，我怎么不靠谱了，抛一下怎么了？”老先生笑着冲妻子大声喊，“哎，告诉你呀，抛绣球的时候千万要记得对准我哟，否则被别人夺了去就麻烦了。”

“看你。”老婆婆娇嗔了一声，随后羞答答地嘟囔道，“这还用说，当然是要抛给你了。”说完这话，她才看到站在旁边的我，瞬间红了脸。

真是一对可爱的老人！我心里感慨着。如果说廉的突然离去让我不再相信爱情，但这一瞬间，我又相信爱情了。

看老婆婆羞涩的样子，我忍不住打趣道：“你们这么大岁数依然这么恩爱，是不是有什么秘诀啊？”

“秘诀？当然有，”那老先生看了老婆婆一眼，然后指着“大夫第”的门额说，“看，秘诀就在那里。”我顺着他的手指看去，只见在门额下题着五个字：做退一步想。

“两个人相处，哪有不起争执的？不过，相互退让一步，相互多为对方设身处地想一想，就没有解决不了的矛盾。”老先生说完，搀扶着老婆婆慢慢远去。

看着他们的背影，我有些心酸地想起了廉。这半年来，每次有了矛盾，我从来都没有站在廉的角度去想过问题，总是咄咄逼人，直到他退让一步才罢休。终于把他逼到退无可退的地步，他才会离我而去。

廉，你愿意给我机会说对不起吗？我决定放下可怜的自尊心，给廉打一个电话。不管能不能重新做恋人，我总是欠他几分歉意。

但当我伸手去掏手机时，却惊诧地发现手机不见了……

第四章　暖泉金花

8. 一张不为人知的录取通知书

等我赶到市里拿起公用电话，才发现自己根本不记得手机上的号码，当然其中也包括廉的。

我每次都是把号码直接存在手机上，从来没有用心去记过。因为我觉得时间是用来学习和工作的，存储记忆的事情交给高科技产品就是了。

廉常常提醒我要记住几个联系人的号码，万一手机丢失或是出了意外，不至于让自己与外界失去联系。现在看来，这简直是一语成谶。

我在一家网吧登录上线，却发现廉依然没有信息。莫非是出了什么意外？我不禁有些担心。我翻遍了廉常去的所有网站，终于在一家驴友论坛上看到一则有关廉的消息，消息说廉出国了。

得知他平安的那一瞬间，我松了一口气。不过一想起他这么决绝地离去，而我却在担忧他的安危，我又开始生起自己的气来。我想，当我决定要面对他的时候却丢了手机，也许这就是天意。从此以后你是你，我是我，此生再无牵连！

这时，就听我身边的一个女孩惊喜地低声嚷嚷着："真的吗？那我是一定要回去的了。"一口纯正的河北口音引得我侧脸看去，只见她在电脑前眉飞色舞，显然是聊到极开心的事情。

年轻真好，不会为情所累，也不会为生活所累！我感慨着走出网吧，想要去机场买票回家。谁知我刚走下台阶，那个女孩就冲出来撞到我的腰。

我哎哟了一声，女孩连忙回身为自己的冒失向我道歉。她告诉我，她心急着去火车站买票回河北老家，所以走路急了些。

得知我也要回河北，女孩眼睛里亮了起来。她脆生生地笑着说："哎哟，这一撞还撞出老乡来了，真好。你看咱们都是一个人，不如一起去买票，路上也好有个伴儿。"

我想告诉她，我要去机场，不过想想假期还有三天，回去要独自待在那每个角落都充溢着廉的气息的屋子里，这对我来说简直是一场折磨。与其那样，还不如让时间流逝在路上。于是，我改变了主意，和女孩向火车站走去。

在火车上，女孩告诉我，她家在张家口市蔚县的一个乡村，半年前，她初中毕业便跟着一位老乡来到这儿打工。

"半年前初中毕业？"我看着她高挑圆润的身材和脸上的成

熟，“那你今年几岁？”

“十八岁了，我上学晚。”女孩笑，紧接着解释说，“对了，我们北方人都说虚岁的，我其实也才十七岁。”果然还是一个孩子，看她急赤白脸的样子，我忍不住笑了。

“为什么不继续上学？”想想我十七岁的时候，正趴在高中的课桌上与各类试卷做斗争呢。

“我也想上学，可是家里没钱啊。我爸爸去年生病去世了，我妈一个人挣钱要供我和我姐姐上学。在农村，一个妇女能挣几个钱……”女孩没有继续再说下去，只是扭过脸看向车窗外。

此时，火车正行驶过一段桃树林，远处的桃花开得明媚灿烂，而近处的车窗玻璃倒映出来的女孩的脸庞上却满是忧伤。我沉默了，因为这样的反差让我有些难过。

过了一会儿，女孩回过头来对我说：“我告诉你，我姐学习可好了，现在在重点高中上高三呢，他们班主任说了，凭我姐的成绩，考上北京的大学是没问题的。”言语中是掩不住的骄傲。

“嗯。”我不想扫她的兴致，接话说，“那你妈一定很开心。”

“是啊，我妈说只要我姐能考上好大学，多苦也值了。我不想看我妈太辛苦，所以想要打工挣些钱，这样我妈就可以不那么累。”

“可是，你呢？”我开始有些心疼这个陌生的女孩。

“我呀，就这样呗。”提到自己，女孩的情绪低落下去。不过，她马上又笑了，“我姐说过，等她考上大学就可以一边上学一边打工，到那时我再去学校复读。中考后，为了让姐安心读书，我骗她们说自己没考上高中。我妈和我姐都信以为真了呢。”

“骗她们？”

“哎，你该不会也相信我是没考上高中吧？”女孩有些泄气，她低下头去自言自语地嘟囔道，“也是，咱们都不熟，凭什么相信我啊？”

很快，她像是想起了什么似的拍拍自己的额头，说：“我给你看样东西。”她站起来探身从上方的行李架上取下自己的背包，然后伸手进去在书包的最底层取出一个硬皮的日记本。她把日记本递到我面前，说：“看，这是我的录取通知书。我藏起来一直没给她们看见。”

我打开日记本，在首页的塑料膜里面赫然夹着一张高中录取通知书。通知书被透明胶布封了起来，可见主人对它保存有多用心。

女孩指着那通知书上的校名说：“看见了吗？这可是我们那儿的重点高中，有很多人花钱进去呢。”

女孩的语气里洋溢着骄傲和自豪，而我却心酸到想要流泪。廉常说我是一个理性的人，理性到让人害怕。但今天我却被这个陌生的女孩一再打动，看来，廉并不如他自己想的那样了解我！

为了转移自己的情绪，我指着通知书上的名字问：“你的名字叫金花啊？”

“嗯，”一直很大方的女孩忽然有些腼腆和羞涩，“是不是觉得很俗气？”

“没有啊。”我安慰她说，“你可知道，在云南大理，漂亮的女孩子都被称为金花。”

“那是少数民族。在我们汉族来说，花儿、草儿的就是俗气。”女孩叹了一口气，“不过这是我奶奶取的名字，所以没办法。”

“哦，农村的老人们取名字就是那样子啦。”

“才不是，我奶奶给我取这个名字可是有原因的。”

“什么原因？”

“我们那儿有个暖泉镇你知道不？”见我摇头，女孩得意地笑了，“你果然不知道。暖泉镇可是一个有名的古镇，这个镇不但有很多老式建筑，而且每年都会举行一项活动，名叫打树花，就是把废铁都化成铁水，然后在广场上泼洒。泼洒开的铁水闪着金灿灿的光芒，像一朵朵金色的花朵一样，好看极了。而我出生那天正赶上镇子里打树花，奶奶便给我取名叫金花。”

想不到金花的名字还有这么大的来历，我惊叹不已。虽然在北方上大学，在北方工作，但我从来没有听说有这样的古镇和这样别致的习俗。

9. 谢谢你的离开，让我变得勇敢

“对了，明天晚上我们那儿就会有打树花活动呢。这可是全国别的地方都没有的活动，一年才几次呢，你干脆跟我一起去看吧。”

金花的一席话让我心动了。我算了算时间，后天完全可以赶回公司，于是当即决定去暖泉镇。听说我和她一起去暖泉，金花高兴得几乎跳起来。她兴致勃勃地说：“真是太好了，明天晚上我给你表演节目看。”

“表演节目？”我愣住了，“金花，你说什么？”

金花神秘兮兮地说：“现在保密，明天你就知道了。”

我们在北京下了火车，转汽车去往蔚县。刚上汽车不久，金花的手机就响个不停。不知道电话里说了些什么，金花不停地说：“快了，我马上就到了……你放心，我一定会准时赶到的……”

下午三点，我们终于到达了蔚县。金花邀请我去她家，我以自己想随便走走为由而婉言谢绝了。毕竟我们只是才认识一天的陌生人，我没有理由去她家叨扰。

金花有些失望，她说：“好吧，你把电话号码给我，晚上我打电话找你。”

“呃，我没有手机。”

“没有手机？”金花仿佛看外星人一般看着我。我点了点头，却没有告诉她，手机丢了后，我想索性过几天没有人打扰的日子，所以一直没有买。

“哎，你真是个怪人。”金花皱着眉想了想说，“算了，你记得一会儿早去暖泉镇打树花广场。去晚了的话人会很多，你只怕挤不进去，就看不到最美的景致了。还有，广场上还会有许多社火活动，唱戏、唱歌、耍狮子的都有，你一定要去看一看。”

金花走出几步后回头大声叮嘱我：“你一定要去看一看啊。”直到确定我一定会去看，金花才放心地跑开，只剩下我一个人站在蔚县的街头。

我在县城里找到一家旅店，先订好房间，然后租了一辆车直奔暖泉镇。

从小我就最怕去陌生的地方，陌生的人、陌生的事物都会让我心生不安，因此我不爱去旅游。但此时站在陌生的小镇上，看着周围陌生的一切，我竟没有丝毫恐惧，心中反而生出一丝放逐自己的快感来。

一份失败的感情要么让人变得脆弱，要么让人变得强大。如果廉没有突然离开我，我又怎么会知道自己竟然可以变得勇敢起来？就凭这一点，我都应该感谢廉的离开。这样想着，我对廉的幽怨竟然淡了许多。

自从廉走后，我虽然装着从容淡然，但心中却一直耿耿于怀，思念和幽怨折磨着我。饭吃不香，觉睡不着。而今一旦看开，便觉得饥肠辘辘。我决定先慰劳一下自己的肚子，再去与古镇做亲密接触。

暖泉镇是一个普通的河北小镇，在饮食上也极具北方风味。最有特色和分量的当属“八大碗”，这是蔚县传统饮食中最丰盛的一道菜，但八碗显然不是我一个人所能解决掉的，本着不浪费的原则，我决定去吃风味小吃。

如果说“八大碗”是暖泉饮食中的大家闺秀，那么糖葫芦、大油饼、小糖饼等小吃便只算得上是一个个小家碧玉了。大家闺秀有大家闺秀的高贵，小家碧玉有小家碧玉的甜美。当我吃完一串糖葫芦、两个糖饼时，我已经心满意足地打起了饱嗝。

看天色也不早了，于是我打听好打树花广场的位置，便顺着大街向广场走去。就听远处传来一阵锣鼓声，紧接着人群一阵骚动，大家纷纷向两边闪开，中间留出一条宽敞的通道来。

锣鼓声越来越响亮，只见一队身穿鲜艳服饰的人从远处走来，原来这是当地组织的社火活动。演员们穿着绸缎衣服，或红，或绿，或黄，都画着夸张的妆：厚厚的白粉，红红的唇彩。

他们带着各式道具：旱船、推车、跑驴、舞狮、老汉背妻……激烈的鼓声和幽默的表演一时间吸引了所有游人的目光。看他们卖力地表演，我兴致勃勃地举起手里的相机，试图把这些属于中国最原始、最有特色的文化全部摄进我的镜头里。

忽然，我的镜头落在表演队伍中一个身材高挑的女子身上。她身穿红色绸裙，和队员们做着各种表演动作。她的腰肢是那样灵活，每一个动作都引起人们的惊呼声，游客们纷纷把目光落在她身上。

但我不是因为这些注意她的，我总觉得自己与这个女子似曾相识。我紧紧盯着她，但她脸上画着浓浓的妆，我根本看不清她的真实面目。

她的表演显然有些分神，因为她的目光不停地在人群中逡巡。随着队伍越来越近，她来到我面前。看见我，她笑了。我也忍不住笑了，原来这个女子是刚才与我分开的金花。

看着她认真的表演，我忽然明白她在网吧里说赶回来的原因就是要参加这个活动，在车上她接电话时不停地许诺不会晚点，也是指的这一件事。这一刻，我竟然对金花充满了好奇。现在的年轻人都喜欢繁华的都市，有谁会愿意为了参加一个乡村民俗活动而不辞千里赶回来？

大约半个小时后，鼓声终于停止了，演员们也都停了下来，此时天色已经开始黑下来，马上就要进行打树花活动了。广场上早已人山人海，大家都在翘首企盼，等待打树花。

我也随着大家的目光看向树花墙。只见在广场前面有一个巨大的炉子，炉子下面是一个敦实的容器，炉火熊熊燃烧，把废铁熔化成铁水，顺着炉子流进下面的容器里。等到容器快要满了的时候，就会有人把铁水倒进旁边的铁水锅里备用。滚烫的铁水足足有一千多度，真不知道那些打树花的艺人们会是怎样的钢筋铁骨？

正在思量间，有人拍了拍我的肩膀。回头一看，竟是金花。她已经脱掉那身红绸缎衣裙，脸上的妆也洗下去了，完全恢复到那个清纯的少女模样。只是刚才的运动让她有些气喘吁吁，头发也有些散乱。

她一边整理头发，一边笑着说：“哎，人家说‘三天不练手生’果然是有道理的，我半年没参加活动了，一个小时的表演就把我累趴下了。以前我可是演一天都不会觉得累的。”

10. 金花也想吐露芬芳

听了她的话，我忽然想起刚才那个问题：“金花，你这次是专门为了这个活动回来的吗？”

“当然不是。”金花摇摇头。

“那你……”

“我回来是因为刘队答应我加入他们的大篷车歌舞团。”金花指着左前方的一个中年男子说，“喏，那就是我们的刘队。你不知道，刘队挑人可苛刻了，一般人都不让进去。”

“大篷车歌舞团？”我一愣，“这是你们省城的还是市里的？”

“都不是啦。”金花有些自嘲地道，“我只是一个初中毕业的农村丫头，没权没势没文化的怎么可能进那些大歌舞团？”

“不是省级或市级的，那会是哪里的？不过‘大篷车’这个名字倒是挺有个性的。”

“说是歌舞团，其实只是一个乡村歌队。‘大篷车’是我们刘队取的名，你别看刘队只是一个农村人，但他可有学问了。他说印度有部电影叫《大篷车》，那里的人就是开着一辆大篷车到各个乡村去表演歌舞。那些人不但给别人送去快乐，自己也在表演中得到满足，刘队希望自己组建的这个队伍也能那样，因此取名叫‘大篷车’。”

“是这样。”金花的话让我有些惊奇，“你们每场表演票价是多少?”

“不，不卖票的。”金花摇摇头，解释说，“你别看名叫大篷车，其实节目都很普通，毕竟都是农村人，没有接受过正规的舞蹈和音乐训练，大家都是跟着光盘学唱歌曲，学会了再表演就是了。舞蹈也只是简单的舞步。谁会花钱来看这种表演?除非他们都傻了。”说到最后，金花笑了起来。在她的笑声里，我听出有一丝丝无奈。

随着金花的笑声，现场的气氛也热烈起来。大家将目光都投向远处，只见两名头戴草帽、反穿羊皮大衣的中年男子沿着树花墙走了过来。金花告诉我，这便是今天晚上要打树花的师傅，他们之所以穿成那个样子，是为了避免被铁水烫伤。

在人群鼎沸中，金花声音清脆分明。我不由得问：“不卖票的话，那歌舞团靠什么生存?”

“啊?”金花显然没有想到我还在那个问题上纠结，她愣了一下，然后回答说，“我们都是表演给死人看的……”

“你说什么?给……给死人……看……”

“哎，哎，是这样：我们农村哪家有人去世的话会出殡，出殡之前会在村子里搭三天三夜灵棚，孝子孝孙们要守灵的啊。为了不让这些守灵人犯困，就需要请歌舞团来唱歌跳舞以活跃气氛。谁家请的歌舞团多，谁家的后辈子孙们就孝顺，在当地的口碑就会很好。因此无论谁家有人去世都会请好几家歌舞团来表演的。”

顿了一下，金花附在我耳边认真解释道：“当然我参加大篷车是因为我喜欢唱歌，而且我唱歌和跳舞都特别好，他们都说我有这方面的天赋。我回来是希望能在大篷车歌舞团做我喜欢的事情。”

不知何时，炉子旁边的鼓风机猛劲儿鼓吹起来，发出隆隆的声响，将金花的声音盖住。我抬起头，只见熊熊的烈焰更是蹿出炉顶，宛如一头怪兽吐出足足有一米多高的火舌，顶端还有一片片的金花闪烁，很是妖冶和诡异。

在那诡异的火焰中，我仿佛看到一个简陋的舞台与一副棺材遥遥相对，金花在舞台上唱歌跳舞，台下一群身穿白衣的孝子们不停地叫好，其间还不时去棺材前磕头烧纸……看着那火焰，感受着金花在我耳边的呼吸，我不禁打了一个寒战。

金花紧贴着我，因此感受到我的战栗，很细心地问我：“你怎么了？”

“一边是凋谢的生命，一边是悲戚的死者家属，在这种地方实现你的梦想……”我犹豫了一下，真怕自己会交浅言深。但这个女孩的爽直让我的话如鲠在喉，不吐不快，“大城市的发展前途比乡村要好很多，为什么你不留在大城市里发展？”

金花脸上的笑容渐渐隐去。她并没有回答我的话，而是指着前方：“快看啊，那些废铁全部被熔化成铁水后，就可以开始打树花了。你知道打树花的来历吗？据说有一位铁匠泼铁水时，意外地发现泼到墙上而溅回来的铁水会发出灿烂的火花。于是大家纷纷凑铁化成铁水让铁匠泼洒，后来便逐渐演变成打树花……”

“金花……”

“嘘……快看，马上就要开始了。”

金花显然在逃避着什么，我也不好再继续追问，于是回头看向前方。

此时，庄严的“祭炉”仪式已经结束，打树花活动正式开始了。那师傅稳稳地站在炉子不远处，只见他用一柄长把的特制勺子舀起一勺铁汁，然后奋力向高空泼洒开去，随着哗的一声响，那鲜红的铁水宛如一粒粒耀眼的珍珠，呈抛物状向城墙飞去。撞到坚硬的城墙上，珍珠炸裂开来，形成一簇簇小伞状的火花，远远看去又犹如枝繁叶茂的树冠，蔚为壮观……

游客们都被这瑰丽的场面惊呆了，大家都闭了嘴，一时间，广场上静得针掉在地上都听得见。这时，金花幽幽的叹息声清晰地飘进我耳里：“唉，谁不想在城市里发展呢？但我只是初中毕业，就连服装店站摊的小妹都要高中文化呢，我哪能找到什么好工作。”

我心里莫名一紧：“那你这半年做的什么工作？”

“因为我学历不高，找不到什么好工作。一个老乡介绍说，我这么漂亮，不如去KTV坐台陪唱。老乡说只要不出台就没事。但那种地方哪能由得了你，还不是随便被人揩油，而且没有地方说理。”

金花说到这儿，声音很低沉。而我却惊呆了，我没有想到才十七岁的金花会经历这些。这半年里她有多少委屈和难过，只怕只有她自己知道了，难怪刚才她一直在逃避。

“虽然陪唱挣钱多，但我不想挣那种赔笑陪唱的钱。”金花声音渐渐大起来，“而且在歌舞团里也能挣钱啊。每接一次活儿，歌舞团就可以挣好几千块钱。分到每个人头上，一个人平均一天可以挣一二百呢。我既可以挣钱帮我妈养家，还可以唱歌，也许有一天还能唱出名堂来呢。”说到最后，金花笑了起来。

她的笑声引得周围的人纷纷侧目，金花被大家看得不好意思，她于是指着前方说：“看，快看，多好看啊！”

这时，只见打树花师傅不停地泼洒铁水，一轮火花还未落地之时，师傅又舀起下一勺泼向对面，打出新一轮火花，金灿灿的好不耀眼。千朵万朵的火花此起彼伏，从夜空中飘飘洒洒，缓缓落下，宛如一场似梦似幻的花瓣雨，让人心神荡漾……

金花陶醉地看着台上师傅打树花，而我却忍不住看她。在这个物欲横流的社会，有几个人像金花这样三观端正？三观端正的人或许在物质上会贫乏一些，但她的内心却是干净通透的，这一点最为难得。

在火树金花的绽放中，我默默地祝福这个三观端正、孝顺善良的女孩能够绽放出绚丽的光彩。

第五章　周庄浮光

11. 有时候，半年不抵三天

在经过七天出门旅行后，我在傍晚时分回到家。又倦又乏的我连澡都没洗，直接瘫倒在床上昏睡过去，这一觉直睡到第二天早晨。如果不是要去上班，我真想还接着睡下去。

我刚踏进工作室的门，小米就冲上来一把抱住我："豆子，你去哪儿了？人找不到，手机也打不通，你想把人急死吗？我们都已经决定了，如果你今天再不出现，我们就报警。"

"我去外地旅游时，手机被小偷偷走了，我想回来再买手机和卡。你们决定？你和谁，是艾丝吗？是不是我的工作出问题了？"我们公司虽然很大，但我所在的工作室只有我、小米和上司艾丝，因此我猜想会是艾丝找我，不过这位美人除了工作，我想不到她会有别的什么事情找我？

"你别担心，不是艾丝，是李子。"

“李子？”我怔了一会儿，脑子里才浮出李子帅哥的模样。旅行最大的好处就是关注外面的世界而淡忘生活中的一切，“他现在不是在西藏吗？”

“是的，不过今天他就会来到咱们这里了。”小米说，“豆子，这几天李子都快把我的电话打爆了你知道不知道？自从那天突然打不通你的电话，李子就发了疯似的给我打，要我打你的电话，还要我去你家找，我被他折腾得都快神经衰弱了。李子本来今天应该直接回家的，但一直没有你的消息，所以李子决定，今天他坐飞机直接过来。”

“哎、哎，快告诉他不要过来了。”

“你自己和他说。”小米一副幸灾乐祸的样子。

“我手机丢了，所有联系人的号码都丢失了。”

“喏，给你。”小米在纸上写下一串数字递给我。

我拨通李子的电话。听出是我的声音，李子的反应和小米如出一辙。虽然是责备，但我心里却满溢着感动。当我解释说自己手机丢了时，李子顿时换了口气，他说只要人平安就好。

李子的善解人意让我松了一口气，当他说他正进机场，马上就要踏上来石家庄的飞机时，我连忙阻止他。

见我执意不让他来，李子只好作罢，不过前提是要我答应他一个条件：“豆子，无论没有了谁，你都要好好爱自己。”

李子的一句话让我当场泪奔。因为廉，我和李子阴差阳错地认识。而今，为我牵挂担心的是这个只相处了三天的男人，而那个认识了半年，曾经许诺要与我执手老去的男人，却从我的生命中消失得无影无踪。可见恋人一旦决裂，反而不如一个陌生人。

自从出去旅游之后，我的心境变得与从前完全不一样。以前每天都是认真工作，下班的时候就是看书学习充电。我觉得这样生活才是充实的。而今我回头再看，才发现那样的生活色彩是多么的单一和刻板。旅游如同一个活的源头，让我的生命处于流动的状态，一切都变得鲜活明亮起来。

虽然依旧是每天上下班，但我的心却随时准备上路。而这种心态也让我第一次理解了廉。

第一次与廉相遇时，恰好一个小偷偷我的钱包，是廉帮我把钱包追回来，但他也受了伤，我送他去医院包扎完请他吃饭以示感谢。

本想吃完饭后就各奔前路，谁知在用餐的一个小时里，廉把自己的籍贯、学历、工作经历以及家人的情况都详细地告诉了我，他还把自己的身份证和驾驶证，以及在他身上带着的、能证明他身份的所有证件都拿出来给我看。

我无意探寻一个陌生人的隐私，因此面对他的坦率很是尴尬。

廉也看出了这一点，解释说："我给你讲我所有的人生经历，看所有的证明，是因为我想要你知道，我不是一个坏人。"廉的真诚打动了我，从不轻易相信人的我选择了信任他。

廉告诉我说他的理想是环游中国、环游世界。为了这个梦想，他辞掉了月薪十万的公司高管职位，选择做一名自由职业者。

在我们相处的半年里，我常常笑他放弃那么好的职位是舍重取轻。每当我笑话他时，他总是说：“豆子，你如果不走出去，就永远也不会明白让生命处于流动状态的那种愉悦和快乐。”

半年中，廉也曾提过我们一起去旅游，但都被我拒绝了。我觉得工作是保障好生活的基础，而学习则是把工作做好的前提，所以我的时间都被工作和学习占满了。每当廉提出要旅游时，我总是敷衍他说下一次、下一次……

而今，那个想要带我去感受旅游乐趣的男人已经离开了我，而我却无法自拔地爱上了行走。

以前，每天的目标就是上班、下班，倒也不觉得单调。但现在日复一日的上班路却让我感觉枯燥和乏味。看着那些旅游达人们在网上晒出的一张张照片，我的灵魂在蠢蠢欲动。

终于有一天，我向艾丝递交了辞职信。大学毕业后到现在，我已经工作了近三年，加之平日注重理财，所以银行卡上也存了六位数了，虽然算不上有钱人，但也足够我来一场古镇自由之旅。

艾丝显然没想到我会辞职，她再三挽留。但我的心在叫嚣着去远方，因此我婉言拒绝了她。在艾丝困惑的目光中，我走出了工作室的门，也一脚踏进古镇的风情中。

我最先去的古镇是江苏的周庄。直到踏上周庄的土地，我才想起我选择这儿，完全是因为廉的缘故。

12. 双桥美女图

廉是上海人，但他的外祖母家却在周庄。廉小时候经常去外祖母家度假，对周庄的大街小巷都了如指掌。廉说，中国的古镇很多，不过，兼具水墨画般的风景与丰厚文化底蕴的当属周庄古镇，因此他单车环游中国的第一站，也是周庄。

从廉的描述和他拍摄的照片中，我知道了双桥的巧妙、沈厅的气派、怪楼的神秘。因此当我一头扎进周庄的怀里，我的心中竟有许多喜悦，仿佛终于赴了一场前世的约定。

到周庄的时候已是下午，我又累又渴，遂决定找一个地方先歇息一下，喝一杯阿婆茶。廉说过，到周庄，一定要喝一杯阿婆茶。于是我向街边小摊上的一位老板娘打听好口碑最好的茶楼所在位置，然后直奔茶楼而去。

这座茶楼位于河边，我顺着木制楼梯拾级而上，到了二楼。此时，茶楼里客人并不多，只有一位身穿素花旗袍、容貌姣好的年轻女子坐在后窗前，她面前擦拭得纤尘不染的桌几上，摆放着小巧古朴的紫砂壶、青花瓷盖茶碗、釉色光亮的茶盘、几色别致茶点；窗外，小桥流水，绿树掩映，好一幅江南水乡画卷。

当那个女子就着这幅画卷浅啜一口香茶，一份安宁和恬淡便在茶楼里幽幽地溢漫开来，恰如三毛说的那样："世间最平和的快乐，就是静观天地与人世，慢慢地品味出它的和谐。"

这样的女子让人看着就心生欢喜。于是我在她旁边的桌几前坐了下来。但她却连看都没有看我一眼，独自沉浸在自己的世界里。这样也好，谁也不会打搅到谁的兴致。

我不懂茶道，但当滚开的水冲进茶壶，一股浓浓的茶香随着氤氲的雾气升腾缭绕时，一缕古韵便从我的心底油然而生。它宛如一股清澈的溪水，冲刷去我心灵上的红尘俗气，仿佛整个世界都变得清透起来。

我正望着窗外出神，就听那女子轻声唱起了戏曲："最撩人春色是今天，少甚么低就高来粉画垣，原来春心无处不下悬。"声音虽小，但却柔软滑腻，韵味十足。想不到还是一位会唱昆曲的才女，我侧过脸去，却只看到那个女子的背影，她竟是自顾下楼去了。

周庄的风景点很多，但我并不急于去探访这些风景。因为廉说过，比起这些建筑，他更愿意看桥。站在桥上看清澈的水波，可以感受到一份灵动的柔美。廉说，周庄的桥多，最著名的要数双桥。这座因为旅美画家陈逸飞的油画《故乡的回忆》而闻名于世的双桥，现在已经成了周庄主要的景点之一，来此的游客们必定要在此留影以作纪念。廉说，要拍双桥，一定要站在圆拱桥南面的对角处，因为这个地方可以看见双桥的全貌。廉，你瞧，虽然你已经离去，但我却清晰地记得你说过的每一句话。你能放下我，我却无法放下你啊！

当我面对双桥全貌举起相机时，却惊喜地发现一抹熟悉的身影出现在我的镜头里，竟是刚才那个在茶楼唱戏的女子。她悄然立于拱桥最高处，有一种遗世独立的韵味。

过了一会儿，她侧过身面对河水，身子微微前倾，竟像是要投身河里，那一瞬间，我的心几乎跳出喉咙来了。我移开相机想要出声警示她，但话还没有出口，只见她已经站直身走下桥去。我松了一口气，这才发现刚才紧张得竟然忘记了拍一张双桥美女图。

晚上我住进一家青年旅社，虽然已经行走了一天，但躺在旅社的床上却了无睡意。我在想廉，曾经的过往像淘气的孩子在记忆中不停地跳着、闹着……

廉决定留在石市的时候，我根本不相信他会为了我留下来。他说："豆子，你一个人租房太辛苦了，让我来照顾你。"我笑："对我来说，你只是一个陌生人，我怎么会让一个陌生人来照顾我？"我的话说得很大声，但廉仿佛没有听到我说的话。

开始的时候，他住在一家酒店里，每天我下班时，他都会准时出现在工作室门口。无论我要去做什么，他都会陪在身边，直到晚上吃完饭送我到家门口，他再离开。早晨，他会早早地出现在我的门口，陪我跑步、吃早点、去上班。

一个月后，廉说："豆子，如果你已经决定在石市生活下去，那就买一套房吧。"

"你开什么玩笑？"我说，"我才工作两年半，哪有钱买房？"

"我有。"廉拿出自己的银行卡让我看，"买房的钱你不用操心，我买，写你的名字。"

其实，我并不是一个物质女，我一直觉得凭自己打拼的生活才是最踏实的，因此我断然拒绝了廉的提议，但廉的话依然让我动容。那一刻，我相信他是真的为了我留下来。

当初我租了一套两居室的房子，然后又做二房东，把其中一居室租给了一个MM。恰好那个月，MM要搬去与男朋友同居，于是我便让廉搬了进来。就这样，我们开始了在同一个屋檐下的生活。不过，前提是我是他的房东，他是我的租客。

从高中到大学再到工作的近十年时光，我都是一个人在外地度过的。家人和朋友都夸我很独立，但他们却不知道我不会做饭，而且我讨厌厨房里那股油烟味，因此这些年我都是在外面买饭吃。这样的结果便是我早早地落下了胃病，每次犯病的时候都会痛得死去活来。

廉在搬进来的第三天，便看到了我犯胃病的狼狈样子。那天因为赶工作进度，我中午没顾得上吃饭，晚上也只是吃了一点儿便钻进了卧室。等到工作完成已经是夜里一点了，而我的胃也痛得抽搐起来。

13. 爱情在左，疯子在右

廉听到我在卧室里发出痛苦的呻吟声，连忙从他屋里跑过来，我苍白的脸色把他吓了一跳。无论我怎么反对，他依然执意将我送进医院。

廉在医院守了我一天一夜，直到医生说我没事了这才放了心。现在回想起来，这是廉唯一一次“自作主张”，从小一个人在外生活的我不喜欢有人为我的事情太操心，更不要说做主，但想起这件事情，我的心里却充满了酸酸的甜蜜。

从那天起，廉把我的一日三餐纳入他的生活规划中。廉出生在一个中产阶级家庭，家里只有他这么一个独子，从小过的是饭来张口、衣来伸手的小皇帝生活。但为了我，他心甘情愿地下厨。他说："豆子，你总是在父母和朋友面前表现得那么坚强和独立，但你知不知道，你的独立让我有多心疼？从今以后，我不要你那么独立，因为有我照顾你。"

想起过往，廉的那封离书也清晰地记起。我幽幽地叹了一口气，当那个说着会永远陪你、心疼你，要牵着你的手一起变老的人，现在却变成永远也不要再联系的人，回忆也就成了一场笑话。而我，在这场笑话里是那样手足无措！

在床上来回折腾了十多次依然毫无睡意后，我索性起身披上衣服，向旅社外走去。

近夜深的周庄古镇，忙碌了一天的居民都入睡了，留在古镇里的游客们也多在旅店里消遣，古镇的街上和河道里一片幽暗和静谧。只有其中一小段，河两岸挂着通亮的红灯笼，灯光映照在河水里，泛出暧昧的气息来。

我靠近那一片红色的光芒，想要拍下这难得的美景。当我举起相机取景时，一个女子唱戏的声音在夜空中飘了过来。这个女子字正腔圆，虽然声音近乎喃语，但却可以清晰地听出她唱的词来。

"偶然间人似缱，在梅村边。似这等花花草草由人恋，生生死死随人愿，便酸酸楚楚无人怨。待打并香魂一片，阴雨梅天，守得个梅根相见……”

女子的声音轻柔婉转，仿佛天籁一般在这个迷蒙的夜色里蔓延，我听得竟是痴了。直到那女子的声音越来越远，最后消失在夜色中，我这才从痴迷状态中醒转过来。

尽管只听过两遍，但我确定这个女子正是我下午遇到的那个女子。我想，周庄昆曲有名，大众都喜欢，但喝茶唱戏、走路唱戏，能够如此痴迷戏曲的人还真是少见。

虽然夜里睡得很晚，但第二天早晨天色刚亮我便在一阵悠远、曼妙的昆曲声中醒了过来。只听得那曲声唱道：“原来姹紫嫣红开遍，似这般都付与断井颓垣，良辰美景奈何天，赏心乐事谁家院。朝飞暮卷，云霞翠轩，雨丝风片，烟波画船，锦屏人忒看的这韶光贱……”

这不是昨天那个素衣女子唱的昆曲《牡丹亭》里的段子吗?！我惊喜地起了床，出了旅社，循着声音找去。

就在旅社旁边，有一个不起眼的门口，声音便是从这个门口里面飘出来的。我踏进院子，眼前不由得一亮，只见这个阔大的院子由一座古色古香的高台戏楼和四周的两层小楼连接在一起，格局酷似北方的四合院。我想这就是廉提到的古戏台了。

戏台上有几个女子正在排演戏剧，她们身穿戏服，水袖曼舞，眉目间情思流转，让人忍不住为她们叫好。此时院子里游客并不多，大家都看得津津有味。谁也没有注意到在戏台下的角落里，站着一个素衣旗袍女子。而我却心中一动，这不正是我昨天连续三次碰到的那个女子嘛！

我向她走过去，到近处，我停了下来仔细看她。从侧面看过去，她五官精致柔和，肤色白皙无瑕，显然是一个美人。

但她却浑然不觉我在关注她，只是痴痴地仰望着戏台，嘴里轻轻哼唱着："怎赚骗？依稀想象人儿见。那来时荏苒，去也迁延。非远，那雨迹云踪才一转，敢依花傍柳还重现？昨日今朝，眼下心前，阳台一座登时变……"

我有一种想要与她说话的冲动，于是和她打招呼："喂，你好。"

我的声音并不小，但她仿佛没有听见一般。我伸手去要拍她的肩，谁知还没沾上她的肩膀，却被旁边一个青年男子拦住了："你不要和她说话了，她不会理你的。"

"为什么？"

"她不会理任何人的。"男子闷声说着，像是在回答我，又像是在自言自语，"这样也好，陷在自己的世界里，就不用看世人嘲笑的目光。"

"这究竟是怎么回事？"

"说来话长，唉，"男子叹了一口气，说，"她喜欢唱昆曲，她男朋友说这里有专门的戏台供人表演，便把她带来这里。谁曾想那个浑蛋将她扔在这里，自己偷着走掉了。等她回去才知道，那个浑蛋和另一个有钱的女人结了婚并一起出国了。她经不起这样突然的刺激，一夜之间精神失常……"

"疯了？"我惊呼出声。

那个男子瞪了我一眼，却没有说什么。

我有些好奇地问："你是她什么人？"

“朋友。”男子简短地吐出两个字，便别过脸去不再说话。显然，我刚才那个字眼惹恼了他。

我有些讪讪地看向那个女子。恰如那男子说的那样，即使我们在她耳边议论她，她也连头都不回一下，兀自望着戏台上，嘴里轻哼着戏曲：“听、听这不如归春幕天。难道我再到这亭园，难道我再到这亭园，则挣的个长眠和短眠？知怎生情怅然，知怎生泪暗悬？”她的唱腔极美，但却透着一股浓得化不开的幽怨，让人忍不住心生悲凉。

本来我一直在为这个女子惋惜，但第二天我去南湖的时候，却惊奇地发现这个旗袍女子和那个青年男子有说有笑，看我在注视她，那女子冲我很和善地笑了。

趁女子走开，我不解地问男子，一夜之间她的病就好了吗？

男子苦笑：“哪有这么快。不过，她的病是间歇性的，时好时坏。好的时候完全看不出来是一个病人，但患了病就不认识任何人。”

“这不就是反应性精神病吗？需要心理干预的啊。你有没有给她看心理医生？”看男子只是摇头，我有些替他着急。恰好我有一个朋友是心理医师，治疗这种疾病最拿手。于是我把朋友的联系方式告诉了他。那男子说别人知道她的病后，都露出歧视和同情的目光，只有我帮他分析问题。所以对我一再表示谢意。

男子已经把我当成了朋友，他告诉我，女子名叫依依，他们是同学，他一直爱着她，但依依不爱他，她爱的是那个浑蛋。当依依疯掉后一个人跑出来时，他追出来一直陪着她。而且直到现在，她的家人都不知道她已经精神失常了，所有事情都是他一个人扛着，他都不知道自己会不会在某一天崩溃掉。

“哎，你可千万不能崩溃啊。”我连忙出声阻止他，“你要是崩溃了，那依依可真就遭罪了。”

“不会。我只是这几天心理压力太大了……她还病着，我有责任照顾她，所以不能容许自己崩溃的……”男子看依依向我们走过来，连忙岔开话题，“哎，对了，你拍照技术好，帮我们合张影吧。”

望着此时神志清醒的依依，我心里很矛盾，既为她遇人不淑而叹息，又为她有一个愿意一直陪着她的朋友而欣慰。但愿她能够早日走出泥沼，恢复正常。

帮他们拍完照后，我转身向外走去，并顺手掏出耳机戴上，耳机里正唱着陈楚生的《浮光》：“Hey，我松开了手，展开了眉头，走进来，下一世的出口。让我的身体，孤独地躺在田间，穿越土壤重回到春天，你熟悉的那张脸隐没人世间……”

天上下起了蒙蒙细雨，街上静悄悄的，河面上也是静悄悄的，清澈的河水宛如一面镜子平滑无波，楼阁古桥倒映在水里，一切都显得那么静谧。

此时的周庄宛如一个灵秀的女子伫立在江南的烟雨里，默默地欣赏时光之河岸千年的风景。在她眼里，我、旗袍女子，以及曾经到过这里的廉和旗袍女子的男朋友，无论是我们本身，还是为之疯癫发狂的爱情，都只不过是一道浮光！

在周庄的最后一天，我接到那个男子打来的电话，他告诉我，经过心理医师的干预和治疗，依依的病已经好转了很多。而且依依还答应他，做他的女朋友。男子的话语中满满的开心，让我也为他们高兴起来。

第六章　婺源野渡

14. 消散的许诺

我把依依的故事发到微博上，但我并没有点明这个女子是谁。很快便被小米看到了我的微博。小米问我："你微博上那个女子是不是说的你自己？"

"当然不是。小米，你想哪儿去了？我们好好的呢。"我含糊其词地回答了小米的追问。我不想让熟悉我的人知道我被男朋友甩了，这对我来说是一件很失败的事情。廉说的没错，我自尊心太强了，强到无法把自己的失败泄露哪怕一点点。

"真羡慕你啊，现在可以随心去任何想去的地方。"小米嘟囔着说，"找个喜欢旅游又有钱的男朋友真好啊。"

小米的话让我有些哭笑不得，显然小米还一直以为我是和廉一起出游呢。其实她哪里知道，自从知道廉无声无息地出国之后，我便删除了与他的一切联络方式，QQ、博客、微博，统统被我拉黑或是删除了。我想，身为同一份感情的两个当事人，既然他要断得干脆，我又何必拖泥带水？

虽然是这样想，但在周庄旅游结束后，我还是情不自禁地踏上了去上海的车。我想，廉为我在石市停留了半年，我总还是该为他去一趟他生活的地方，虽然这样的行走对他来说也许毫无意义，但对于我来说，我也算是给了自己一个交代。

当客车驶进上海市区时，车里的乘客都为到达目的地而雀跃，唯独我却开始难过起来。

两个月前，廉对我说，想要带我回上海看看他的父母。而我却以一年的约定为由拒绝了他。廉说："豆子，你要怎样才肯相信我是真心要和你过一辈子？你到底在担心什么？"

我回答廉："我相信你的真心，请你也给我时间。"那时的我虽然没有答应廉，但真的以为自己会在一年后牵着廉的手一起踏进这座城市。

廉说："豆子，你真固执。"

我没有反驳他，是的，我承认自己固执。在这个闪婚盛行的年代，我的约定显得那样古板老套。但我有自己的坚持。在我看来，婚姻不是儿戏，恋爱也不是小孩子过家家。我不想这么仓促地与一个男人确立关系，我需要时间与对方了解。但如果我肯定了这个人，便会心甘情愿地和他走下去。遗憾的是，我肯定了廉，却没有来得及说出口。

人生中常常有这样的情况：拥有的时候不知其可贵，任由生活的琐碎将它们湮没，一旦从生命中脱离出去，抖落掉生活琐碎的灰尘，我们才会发现，原来这是自己终其一生都在追求的，只可惜醒悟过来已经无法挽回。

廉在认识的第一天便给我看了他的所有证件，所以我知道他家地址。站在小区门口，我仰头望着小区里的楼群，眼睛不知不觉有些模糊起来。如果时光能够倒流，我想我会告诉廉，我愿意和他一起好好走一段人生之路。

正难过时，手机突然响了起来，是李子的电话。原来他去了石市，听小米说我辞职旅游，他惊叹不已，他说："豆子，我告诉你，辞职去旅游，不是谁都有这种勇气的。"

"我不是有勇气，"我自嘲，"我只是想要让自己得到解脱。"

得知我此时就站在廉家的小区外，李子说："豆子，你是想要去见他吗？如果放不下，就进去找他吧。"

"不。"我回答得很决绝。纵然思念如火燎原，但我的自尊和骄傲不会允许我去见他。

电话那端的李子愣了一下，他突然转移话题说："豆子，去婺源吧。此时四月刚过，那儿的油菜花开得如火如荼。而且我办完事也正好有三天时间，咱们婺源见。"

"嗯，婺源见。"

我转身离开小区时，恍惚听见廉的声音"豆子，豆子"。

我想一定是自己的幻觉，要知道廉已经出国了，根本没有在家。但这更让我难过，因为我发现虽然只是相处了半年时间，但廉却已经深入了我的心底，占据了我灵魂的每一个角落。

凭吊完我那远去的爱情后，我搭上了上海通往景德镇的火车，到了景德镇，我改坐汽车去往婺源。

关于婺源，我是早有耳闻的。我知道婺源有着“中国最美乡村”的称号，因此才会有“五岳归来不看山，婺源归来不看村”的俗语。不过对婺源有进一步印象是在廉的照片里。身为资深旅游达人，廉早在上大学的时候就去过婺源。他夸赞婺源犹如一颗绿色的明珠，他还拍了许多照片，每一张照片里婺源都山清水碧，处处透着江南风景的秀美和雅致；尤其是那一片片油菜花铺天盖地、繁花正茂，黄灿灿的颜色呈现出一种优雅明亮的姿势，给人一种惊艳的感觉。

我在翻看他那些照片时就已经被深深迷住。廉说，豆子，等明年婺源花开，我带你去赶花海。而今繁花已开，我真的来赶花海了。廉，你的许诺却已经随风飘逝得无影无踪。

大约两个多小时后，我到达婺源县城。我与李子通电话时得知，李子要明天才能到达，于是决定自己先租辆自行车在县城附近逛逛，等李子到了我们再作打算。

我想先去找家旅店住下来，但因为是旅游旺季，很多旅店都爆满。正在为难之际，李子打来电话告诉我，他已经在网上订了县城一家宾馆。李子的话让我大喜过望，同时也被李子的细心和周到所感动。

按照李子的提示，我找到那家宾馆。把旅行箱寄存在宾馆里之后，我租了一辆自行车，向东面骑去。在廉百余张关于婺源的照片中，印象最深的便是那清澈宁静的月亮湾。一旦踏上这片土地，我便迫不及待地要去与它做一番亲密的接触。

李子说的没错，此时的婺源正是花儿的海洋，黄色的油菜花开得如火如荼，如一匹匹金黄的绸缎，在它们的渲染下，天空也变得明艳起来。

我一路骑一路玩，看到路边的村子便停下来。很快我便发现，这几天也正是婺源桃花盛开的时节。无论是在村子里，还是在田间路边，总会看到一株株怒放的桃花。如果说金黄色的油菜花让婺源充满了惊艳的贵气，那么粉嫩的桃花则让婺源有一股小清新的味道。

盛开的花海美景与徽派建筑所蕴含的人文知识相互交融的美妙让人沉醉。我在其间绕绕转转，竟是迷了路。

15. 逆水而上的鱼

到中午了，月亮湾没有找到，而半天的骑行却耗尽了我所有的能量，肚子饿得咕咕直叫。我已经没有力气再骑回县城去吃饭，于是决定找一户农家解决午餐问题。只可惜出来得匆忙，也没有顾得上买一份旅游指南，根本不知道附近哪个村子里有美味饮食，只能凭运气了。

我顺着一条不知名的小河向前骑去，来到小河上游时，看见在河边几台石阶直延伸到水里，像是一个简易码头。我在廉的照片上看到过这种码头，廉说，婺源的有些村子依山傍水而建，以前交通不便，人们出行多用船或竹筏，因此村前一般都有这样的码头，又被称之为渡口。随着旅游开发，为了让游人出行方便，便改渡为桥。而这些简易码头也便弃之成了野渡。

此时，在石阶上正蹲着一个洗衣服的女孩。她先把清洗干净的衣服晾晒在岸边的芦苇上，然后才把一张湿漉漉的床单平摊在石块上。仔细看过去，那床单上赫然有一大摊污秽物，而一股怪异的臭味也随着风儿从那边飘向下风头，我被熏得掩住口鼻。谁知那女孩却不以为然，她转身从盆里取出一把刷子，认认真真地刷起床单来。

她先把床单上的污秽物清刷干净，然后撒上一些洗衣粉，接着很用力地刷洗那床单上的污渍。刷洗干净后，她又放进水里清洗了好几遍。最后，她把床单放在鼻端仔细闻了闻，脸上露出一个笑容，这才把床单摊开晾晒在芦苇上。她并没有马上走掉，而是上岸拿着盆沿着河岸向上游走去。

望着在微风中飘舞的衣衫，我想，还是一个懂事的孩子呢。过了一会儿，不见女孩回来，我有些好奇地抬眼朝那个方向看过去，却被芦苇挡住了视线，我索性推着车子跟了过去。

到了上游，我才发现上游原来是一条小溪。那女孩正猫腰在小溪里逮鱼，她的盆放在岸边，我低头看向盆里，想不到一会儿的工夫，里面竟已有了半盆鱼儿，我不由得惊叹道：“哇，这么多鱼，你真厉害。”

女孩转过脸来看着我，然后指着水里说：“这儿的鱼儿很多，很轻易就能捉住的。”

“喔，”看着小溪里游来游去的小鱼儿，我点点头，问她，“你一个女孩子竟然喜欢捉鱼？”

女孩笑着向我解释：“不是喜欢捉鱼，是妈妈喜欢吃鱼，所以捉来给妈妈吃。”

女孩的话让我心里一软，现在的孩子都是想着自己的多，很少有惦念着父母的，而这个女孩却来给母亲捉鱼吃，看来这孩子不但懂事，还孝顺。想起刚才她刷洗的衣物，我好奇地问，是不是她爷爷或是奶奶的床单，我想只有家里有瘫痪在床的老人才会弄脏被褥吧。

谁知女孩的笑容从嘴角隐去，好一会儿，她才闷声说，是她母亲的床单。

女孩告诉我，她叫妞妞，前几年她父亲因故去世了，只留下她和妈妈相依为命。妈妈每天辛苦下地劳作以换取微薄的收入供她上学，长年的辛苦让母亲患上了严重的疾病，最终瘫痪在床。村里给她家办了低保，生活有了最基本的保障，但照顾母亲的事情却落在妞妞稚嫩的肩膀上。

“你这么小，能照顾妈妈吗？”要知道瘫痪的人可不是一个人能够照顾得过来的，而且妞妞身子这么单薄。

“不小了，都14岁了呢。”妞妞羞涩地说，“我都读初三了。只是比同龄人要稍微矮一些，所以显小。我妈总说是因为营养跟不上，每次说起我的身高，她都会难过好久。其实哪有这回事。”

妞妞的话让我也难过起来，我能理解她妈妈的难过，农村的低保能有多少钱，还要负担她妈妈的医药费用，剩下的能够她们填饱肚子就不错了。不过听妞妞的话音，并不想要人同情，在生活的窘迫面前，她想要保留自己的尊严。于是我没有再继续问下去。

我问她：“妞妞，你上学的时候妈妈怎么办？”

问到这个问题，妞妞皱起了眉头。她告诉我，周末还好些，可以全天守候在母亲身边。只是上学的时候便无法周全了。只能任由母亲弄脏床单，回家后她再给母亲清洗，每次看着她清洗脏污，母亲总会心酸落泪。为了不让母亲难过，她便端着衣物来河边清洗。

“你看，来这儿洗衣服不但方便，还可以捉些鱼回家给我妈炖鱼汤喝。”妞妞说着笑起来。她的笑容尚有几分稚气，但其中却夹杂着一份对生活的担当。

四月的溪水依然冰凉，看着女孩湿漉漉的双手，我有些心痛。

当我把妞妞的事情说给李子听的时候，李子很是感慨。他说：“当城里的同龄人在为学习、为玩乐而烦恼的时候，这个女孩却已经承担起生活的重担，真是了不起。”

“是呢。”我很是赞同李子的话，“现在城市里的青少年有个别的人动辄就忧郁症，遇到一点儿挫折就自杀。如果他们能像这个农村女孩这般勇敢和有担当，我想很多悲剧都不会发生。”

我们决定再去寻找妞妞，想给她一些帮助。但我本来就是一个路痴，加上昨天兜兜转转的乡间小路实在太多了，找来找去我竟是找不到那个野渡口，李子只有三天的时间，实在不应该浪费在这上面，最后只好作罢。

我为没能找到妞妞而充满遗憾。李子劝慰我说：“妞妞虽然生活过得艰难，但她勇敢、坚韧、有担当，日子会随着她长大而变得好起来的。”虽然知道李子是在安慰我，但我也唯有如此想，才能不那么无奈和难过。

16. 换一种生活方式

四月的婺源，到处都是花儿的海洋。当李子对面前的景致赞叹不绝时，我告诉他，这一切都不是婺源最美的风景。廉说过，到了婺源，一定要去江岭赶花海，否则你便枉来了一趟婺源。

听我提到廉，李子若有所思地看着我，好一会儿，他说："豆子，你必须接受那个男人已经从你的生活离开这个事实……"

"呃，近四个月的时间，我已经接受了这个事实。"我叹了一口气，每次提到廉，我的心都会隐隐的痛，我喃喃地说，"可是我放不下，在他离开我之后，我才发现自己那么爱他。"

李子什么都没有说，只是伸手摸着我的头，从他掌心传过来的温度让人感觉很温暖、很熨帖。不知廉此时会和谁在一起呢？我幽幽地想。

在婺源的花海里流连，不知不觉中三天时间一晃而过。李子该赶回去工作了，而我却想继续沉醉在黄色的花海里不愿醒来。

听说我要打算住到油菜花谢才离开，李子羡慕不已。他说："豆子，你知道你现在这种生活方式有多让人羡慕吗？我都羡慕到有些嫉妒了。"

"其实你也可以这样啊。"

“那可不行，我还要工作呢。要知道，我可是打拼了这么多年才升迁到今天的职位，如果我放弃了，那这些年的努力岂不是都白费了。”李子叹了一口气，“高品质的生活是需要财富作为基础保障的，所以在工作和兴趣之间，都会先选择工作。豆子，我还是那句话，不是所有人都能做到你这般勇敢和洒脱的。”

“嗯，你说的有道理。”李子的话让我忍不住笑了起来，因为我曾经对廉说过这样的话。廉当时回答我：“生活的品质的确是以财富为保障，但生命的质感却不是从财富中获得的，它需要我们用心去感受生命的真实的存在。而行走，是很不错的一种体验方式。”

“当然啦。”李子因观点得到我的认同而高兴，他说，“尤其是我们男人，比你们女生的顾虑会更多一些。因为家庭和社会所赋予我们的责任会更重一些。”

“哦，其实也是心态问题。有的男人就可以做到这一点。”

“你是说廉？”

“嗯。”我点点头。廉放弃高薪职位而做一名自由职业人，只是为了过行走的生活，在行走中使自己的生命获得厚重的质感。这一点，他与李子不是一路人。

我送李子上了车，在我转过身后，听见李子喊我。我回过头，只见李子从车窗探出头来，他说：“豆子，等油菜花谢了，我来接你。”

我心中有些感动，但却摇了摇头。李子的心我懂，我在想，如果没有这段时间古镇行走的经历，我会接受李子，因为我们对生活的态度和观点是那样相似。但现在，我已经走上一条去触摸生命真实存在的路，而且越走越远，李子却依然在原地。我们即使在一起，也会因为这种分歧而争执，就像我和廉一样。

李子带着失望走了，只剩下我一个人每天在油菜花海里飘荡。很快我便发现，与我一样沉醉在花海里的人大有人在。他们都是像廉一样酷爱旅游的年轻人。虽然我生性淡漠，不喜与陌生人交往，但看他们每天呼朋结伴穿梭在花海里，那份快乐总是情不自禁地感染着我，很快我便融入了他们中。

在这些人中，与我最投缘的是小七、苏苏和猫猫三个人。第一次看见他们是在长溪的一个河滩上。那日，我随着朋友们步行到长溪，大伙儿纷纷拿出相机来拍摄美景，唯独我沿着溪边漫步，细听水流的声音，因为我觉得最美的景致是需要一双眼睛和一颗心去欣赏的，而不仅仅只是把它们定格在镜头里。

到了一处河滩边，看到三顶帐篷，还有一男二女三个年轻人。同样的年龄与共同的爱好，自然不缺话题，我们很快熟悉起来。在闲聊中我得知，几天前，来自东北的美女苏苏在网上一家论坛发帖子来婺源看油菜花，得到福建小七与浙江猫猫的回应，苏苏和小七是资深驴友，有着丰富的户外住宿经验，于是三个人便带着帐篷跑到这儿来露营。

听说我辞了工作行走古镇，苏苏和小七都笑了，他们开玩笑说："豆子，你有做背包客的潜质。"猫猫却很惋惜地说："那么好的工作说辞就辞了，等你把积蓄花光了怎么办？再想要找工作只怕就难了。"原来她是一名刚毕业的大学生，还一直没有找到工作，这次是出来散心的。

苏苏和小七也问我，以后打算怎么办?

我摇摇头，辞职的时候也曾想过这个问题，不过一旦行走在路上，我便将这个问题抛之脑后。现在我只想享受在路上的这种状态和体验，将来的事情将来再说，大不了像廉一样，做一名自由职业者。

“对哦，你可以给杂志写游记的嘛。”小七笑着说，“我是杂志社主编，我们的杂志有一个栏目就是游记，如果你愿意，可以写一篇试试。”

“嗯，好。”我开心地答应下来。

当天晚上，我便写出一篇关于暖泉镇的游记交给小七。小七看到我的稿子和拍摄的照片，很是满意，当场定了稿子。我很高兴，因为我的自由撰稿之路算是迈出了第一步。

第七章　俞源圆梦

17. 一个梦的奇迹

在油菜花快谢了的时候，苏苏和猫猫邀我露营，我欣然答应。

夜里，我们四个人坐在帐篷外仰望夜空的繁星，不知谁提到了星象学，猫猫说："豆子，你喜欢行走古镇，那你可知道我们浙江的太极星象村？"

我摇了摇头，苏苏和小七也摇头表示不知。

猫猫得意地说："别看你们是旅游达人，也有我知道而你们不知道的地方。"猫猫告诉我们，这个太极星象村名叫俞源，是一座历史悠久的古村落，村口有一幅占地120亩的巨型太极八卦图，村庄总体也是按照天体星象排列设计建造而成，因为这种奇异的设计，古镇处处充满了神奇，而且还有许多不解之谜。

猫猫的话勾起了我们三个人的好奇心，我们当即决定，第二天就去往俞源古镇。

我们只知道猫猫是浙江省人，却不知道她家的具体所在位置。直到我们踏进武义县城才知道，这是她的故乡，怪不得她对俞源这个小村落会了如指掌。

猫猫邀请我们去她家做客，她母亲只是一名普通的家庭主妇，对我们的到来很是热情。听说我们要去俞源，猫猫的母亲有些遗憾地说："只可惜你们现在来得不是时候，如果圆梦节的时候来，你们就可以看到最热闹的俞源了。"

"什么是圆梦节？"我和苏苏好奇地问，而小七则已经等不及猫猫妈解释，自己拿出手机在百度里搜索起关于俞源圆梦的相关资料来。

"圆梦节是俞源村自发组织的活动，相当于你们北方的庙会。只是与别处不同的地方在于俞源村里有一座洞主庙，夜晚睡在这个庙里做梦的话，可是会应验的。"看我们将信将疑的样子，猫猫妈笑着说："你们千万别以为是传说，可灵验着呢。当初猫猫高考的时候紧张得不行，我带她去那儿求梦。那个梦解出来就是她一定能考上大学。后来猫猫果然顺利地考上大学了。"

"真的？"

"有这种事？"

我们都惊奇地看着这母女两个。

"当然是真的。"猫猫母亲认真地回答着，猫猫却只笑不语。

我好奇地问："猫猫，你做了一个什么梦？"

猫猫突然脸红起来，她扭捏地说："别问了，别问了……"

"这孩子，一个梦而已，有什么不好意思说的。"猫猫妈笑道，"那天晚上猫猫梦到自己怀孕了，还生了一个孩子。第二天找人解梦说她这是个大吉大利梦，怀孕是怀才，孩子是梦想。看看，最后你不是顺利考上大学了嘛。"最后一句话猫猫妈冲女儿说。

"搜到了，你们看，真有关于俞源洞主庙圆梦的记载呢。"小七举着手机念给我们听，"《宣平县志》记载，清朝嘉庆年间，武义县书生项秉谦圆梦，斋戒诚心，梦见瓶里插着六枝萱花，朋友顾卓猷解释说：'萱，宣也，瓶，平也；六月秩满君其司铎宣平乎！'后以拔贡为宣平教谕，竟如先兆。"

猫猫妈笑眯眯地对我们说："看看，我没有骗你们吧。"

怀着对俞源越来越浓的好奇，我们踏上了去那儿的路。

18. 我只是个外乡人

俞源村位于武义县西南20公里，村口的参天古树像一个忠诚的卫士护佑着俞源村。一阵风吹过，树叶也随风摆动，宛如热情的主人在迎接远方来的宾客。

一条小溪在村口蜿蜒盘绕呈S状穿村而过后不知流向何方。猫猫告诉我们，这条小溪便是那巨型太极八卦图分割阴阳的那条线。据说以前这条小溪本是直流，后来经过精通天文地理的刘伯温的指点，将小溪改直为曲，从而有了今天这般模样。

我们进到村子里的时候，阳光正好。走过一处巷口，几位老人坐在凳子上晒太阳说闲话，他们的脚边卧着两只小狗在打盹儿。看到我们，他们停止了说话，等我们走过去，其中一位老人突然喊住我噼里啪啦说了一顿。

我和苏苏、小七面面相觑，因为他说的是方言，我们三个外地人一句话也没有听懂。倒是猫猫疑惑地看着我。

我问她老人说的是什么，猫猫说："老人说：'你是那老李家的外甥女吧？都长这么大了，还这么孝顺，知道带朋友回来看你外婆。'"

老人显然是认错了人，苏苏和小七都笑了起来。我连忙摇头说："呃，不，不。我只是一个外乡人。"

那老人得知自己认错了人，有些尴尬，这引得人群一阵哄笑。那老人揉了揉眼睛，不好意思地嘟囔着："老啰，眼睛也不认人了。"

人群又是一阵笑，逗得那两只打盹儿的狗也睁开眼睛来，迷蒙着双眼看着大伙儿。我不忍看老人尴尬的样子，连忙忍住笑转身走开了。

猫猫领着我们来到有着俞源不解之谜之一的声远堂。不解之谜指的是厅堂内桁条上的九条鲤鱼浮雕。仰首看去，这九条鲤鱼首尾相接，活灵活现，随着季节气候的变化，鲤鱼的颜色也会随之变化，或红，或黑，或黄，这一点倒是与变色龙的习性相似，不过这可不是活物，而是没有生命的木雕，也是如此，才更让人觉得不可思议。我们一行人都解不开这个谜，这时，我想起了廉，如果他在这里，一定会大呼惊奇，而且他也一定会找出答案来，因为他是那么聪明和智慧的一个人。

我们在厅里赞叹神奇的一切，而早已熟识这些的猫猫只转了一圈便出了庭院。等我们再走出去时，只见她正和一个女孩子说话，那个女孩还搀着一个六十开外的男子，男子面色暗淡黝黑，无精打采。

那个女孩大约十六七岁的样子，素颜，马尾辫，她用不是很标准的普通话问猫猫去往洞主庙的方向。

“在那边。”猫猫指着村尾的方向。

女孩向猫猫道了谢，搀着男子向村尾走去。

看他们的身影走远，猫猫回头对我们说：“这个小姑娘真孝顺，请假陪父亲来旅游。”

“请假旅游？”苏苏纳闷地问，“那个男的分明就是一个病人，还出来旅游？”

“我也看出来了，”猫猫说，“也正是因为这样，所以我夸她孝顺嘛。”

我们三个人对女孩子议论纷纷，不喜八卦的小七一直在手机上搜索俞源的资料。我们这次来俞源一直没有做旅游攻略，小七的手机百度就成了我们的临时导游。他打断我们说：“走，咱们去裕后堂。那儿比声远堂还要奇特。”

出了裕后堂，我们的意见出现了分歧。小七想要去后山看俞源村全貌和村口的八卦田，而我和苏苏却想要去看洞主庙，我们是那么急于看到有神奇“圆梦”功能的庙宇，甚至还商议要在那里住一夜，圆一个梦。

19. 带爸爸来求梦

最后小七以男人的大度向我们做了妥协，他跟在我们身后，摇头叹息说：“你们这些女孩子啊，不知道那都是传说吗？还这么迷信，亏得你们都是知识女青年呢。”

“知识女青年怎么了？这个世上有很多神秘的事物都是无法用科学解释的。而且，你没听说猫猫的梦都那么准确吗？”苏苏侧脸看向猫猫寻求增援，“猫猫，你的事情就是最好的例证，对吧？”

“苏苏说得对，猫猫的梦被解得那样准确，莫非冥冥中真有什么神奇的力量？”提到猫猫的梦，我也来了兴趣。

“哎呀，快别提我那个梦了。”猫猫难为情地挠挠头，“我实话告诉你们吧，我为什么会做那个梦。因为那天是圆梦节，有很多人去庙里求梦，我挤进去的时候恰好在几个孕妇身边，我就听那几个孕妇说：‘哎哟，不得了了，再这样挤下去我的孩子都要挤掉了。’当时我好替她们担心啊，所以就做了那样一个梦。”

“啊……”我和苏苏都惊讶得张大了嘴。唯有小七哈哈大笑起来，他对我们说：“你们瞧瞧，猫猫说实话了吧，看你们两个还说什么神秘力量之类的话不？”

“嘿嘿，”苏苏不好意思地笑了笑，她问猫猫，“猫猫，那你为什么不和你妈说这个原因?”

“唉，你们不知道，我高考的时候我妈紧张得不得了，她总担心我考不上大学，看她那样子，只怕我考不上大学，我妈会比我还要先崩溃。解了那个梦后，我妈的情绪也放松了，我一看干脆将错就错，所以一直没说。”

“原来是这样，猫猫，你还真是一个孝女。”听了猫猫的解释，我们三个由质疑变成了赞叹。

“就是。要是圆梦那么准，那我还这么愁工作做什么?”猫猫想起自己毕业即失业的现状，忍不住叹气起来。

“好了好了，别难过了，你会找到合适的工作的。”我们一路安慰着猫猫，不知不觉便来到村尾。

洞主庙位于村尾的九龙山下，在庙前，我看到从村口流进的小溪在这儿与另一条小溪汇拢，依山傍水的洞主庙凝聚了天地间的灵气。

虽然猫猫讲了求梦实话，但我们还是虔诚地上了一炷香，每个人都在默默祈祷自己的心愿。我点燃香那一刻，心里祈求亲人安康，还有，廉，你一定要快乐和幸福!

在洞主庙里，还有许多屋舍供游人休憩圆梦。猫猫说在正月十三和六月二十五这两个时间里，庙里人山人海，能在地上找到一席之地都很不错了，哪里抢得上屋舍里的位置。不过，因为现在是旅游淡季，所以游人稀稀疏疏，屋舍基本上都闲置着。

我好奇地推开一扇门，惊奇地发现刚才在村子里问路的那父女两个在里面。小姑娘看到我们，连忙迎出来。到门口，她不忘回手轻轻关上了门。在她关上门之前，我透过门缝看到父亲闭眼躺在那里，显然是睡着了。

小姑娘告诉我们，她叫娜娜，家在离这儿大约百余里地外的一个村子里。母亲前几年生病去世了，只剩下她和父亲两个人。谁知父亲几个月前突然患病，动了手术，病情却不见好转，身体反而越来越虚弱。前几天，本来不迷信的父亲突然执意要来洞主庙求梦。她拗不过，便请假陪父亲来这儿。可是她父亲的身体太虚弱了，这一路的颠簸耗去了他所有的精气神，只上了一炷香，他便坚持不下去了。

小七说："傻姑娘，你现在最应该做的是陪你父亲去医院。"

"医院？"娜娜摇摇头，"我爸爸动手术已经花光了所有的积蓄，还向亲戚朋友们借了几万块钱，现在哪有钱去医院啊。如果我爸爸一直这样，只怕我下学期都没钱上学了。"

看着娜娜深锁的眉头，我们都沉默了。

"村里的人都说这里求梦挺灵验的，我爸爸刚睡醒时说自己做了一个梦，梦到自己好起来了。也不知道真的假的？"

我们几个对望了一眼，都没有说猫猫做梦的事情。

"我现在只盼着我爸爸可以快点好起来。我不上学都没关系，我只要我爸爸快点好起来。唉！"娜娜低下头，重重地叹了一口气。

猫猫忽然说："会好起来的。你看我当初高考前来这儿求梦，梦到说我会考上大学，半年后就真考上大学了。"

"真的吗？"娜娜猛地抬头看向猫猫，"大姐姐，你说的是真的吗?”

“当然啦。不信你问她们几个。”娜娜半信半疑地看向我们。

我们异口同声地答应道:“真的。”

“那就是真的了，太好了，真是太好了。”娜娜紧锁着的眉头渐渐舒展开。

猫猫拍拍娜娜的肩膀，说:“所以你不要担心了，你爸爸会好起来的。”

“嗯。”娜娜脸上露出笑容来。看着她的笑容，我却有一种说不出的悲凉。虽然说生命的质感不是由金钱所决定，但在病魔面前，金钱却是那么重要，不可或缺。娜娜的爸爸是不幸的，但他又是幸运的，因为他有这样一个孝顺的女儿。人活百年，终有一死。但在去世前能有一份亲情呵护陪伴，该是最心安的了。

想到这里，我想起了远在千里之外的父母，也第一次自愿地萌生出回家去看望他们的念头。

第八章　海国桃源

20. 从此，你只是朋友

在武义县的日子里，我们除了俞源古村，还去了郭洞等几个古村落。由于在同一个地域，所以建筑风格和自然景观都大同小异。但即使是这样，已经让苏苏赞叹不已。她告诉我们，虽然她是一名资深旅游达人，但多是去山水里行走，很少关注古村镇。她没有想到这些散落在乡间的村落会蕴含着如此多的历史文化和人文景观。她拍着我的肩膀说："豆子，原来你才是最懂得享受旅游的那个人啊！"

"我哪里懂得享受，是有人告诉我的啦。"

"谁？"苏苏好奇地问，"是谁告诉你的？我想这个人一定是一个骨灰级的驴友吧？"

"嗯，你说得没错。"我点点头，那么热爱自由旅游，又行走过那么多地方的廉是当之无愧的骨灰级驴友。

“是谁？是谁？”小七凑过来，“我最想结交喜欢旅游的朋友，而且还是一位骨灰级别驴友。豆子，你快把你的朋友介绍给我认识。”

“呃……他出国了……”我无法告诉他们，这位骨灰级驴友是突然从我生活中消失的男友。廉的离去在我心上划了一道深深的伤痕，随着时间流逝，那道创口结上硬痂。我以为已经痊愈了，但当触碰到它时才知道，硬痂里面依然血肉模糊，轻轻触碰便痛得撕心裂肺。

廉，我的任性和执拗对你造成的伤害可也是这般的吗？你想起我的时候，会不会也撕心裂肺的痛？

怕小七他们继续追问下去，我又重申了一句：“我和他已经很久不联系了。”

“真是可惜了。”小七很遗憾地叹息了一声。

“哎呀，豆子不也懂得挺多的嘛，你交了豆子这个朋友，也算是不虚此行了不是？”苏苏话题一转，问我，“豆子，接下来你要去哪个古镇啊？我还有一个星期的假期，看还能不能跟你去哪儿玩一趟。”

我摇摇头。对于这次旅游，我都是率性而为，根本没有计划可言。

“哎，苏苏和豆子都在北方生活，难得到南方来，不如你们去福建霞浦玩一遭吧。”小七对我们三个说，“我还有两天假期，正好可以给你们做免费导游，看在咱们的交情上，我管吃管住，怎么样？”

“你们听说过霞浦县吗？那可是中国最美丽的滩涂。”看我们都兴致盎然，小七又加了一句，“而且现在这个时节去，还可以去杨家溪坐竹排漂流，杨家溪的河水清澈纯净，在河面上漂流惬意得很。”

听说还能漂流，苏苏和我当即拍板去那儿。猫猫的父亲托人给她找了一份工作，所以无法成行，对我们的霞浦行，她露出无比羡慕的神色，直到我和苏苏许诺会拍很多照片传给她，她这才稍稍开心了些。

21. 怪病女孩

到了霞浦县城，我们第一站便是去杨家溪。

杨家溪位于牙城镇西北部，距离霞浦县城有三十多公里。一座石板桥横跨于杨家溪河面上。桥头伫立着一座石碑，石碑上端的龙雕托着一个金色的福字。福字下面篆刻着桥的名称和历史：这座桥名为通津桥，是闽东现存最长的石板古桥。

我们坐在桥头休息的时候，从河对面走过来两个人。这座桥并没有栏杆，但两个人却没有一前一后鱼贯而行，而是一个人牵着另一个人并排着慢慢往前走。

近了我才发现，这是一个中年妇女手里牵着一个女孩。当我们看向那个女孩时，不由得都呆住了。那个女孩举止太怪异了，只见她一只手被中年妇女握着，脸扭向一边，头不停地晃动着，随着头的摆动，她的身子也跟着晃动，如果没有旁边那妇人，真担心她会掉到溪里去。

那中年妇女对上我们惊讶的目光，她并没有说话，只是冲我们有些腼腆地笑笑，然后搀着那女孩越过我们。随着她们的身影，我这才发现不远处有一座寺院。在这个乡野处，寺院的白墙黄瓦和飞檐翘角与青山碧水相映成趣。小七告诉我们说，这是一座观音寺，是杨家溪的一景。虽然我们并不是佛教徒，但还是决定进去拜一拜。

时间尚早，寺院里只见三三两两的游客。我们在寺院里转了一圈出来，却看到刚才那两个人正坐在路边歇息，女孩的脸依然扭向一边，不停地晃动着。

小七对我们说："这个女孩子不知道是患了什么怪病？"

小七的声音并不是很大，那个女孩却听得清清楚楚，她艰难地看向我们说了一句话，但吐字不清，因此我们根本不懂她说的是什么。

我问那妇女："她说的什么？"

"这是我女儿。"那妇女歉意地冲我们点点头，说，"她说有点小毛病。"

"有这么严重的小毛病？看着她不停地晃动就累得慌。"苏苏问那妇人，"去医院查了吗？医生说是什么病？"

"没有。"妇人皱着眉说，"她小时候不是这个样子的。十岁那年，我发现她的头部稍微有些向左侧偏，她也不难受，所以就没有去看医生。到了十二岁的时候，她的头部歪斜得严重了些，我们连忙带她去医院做检查，医生说是斜颈病，开了些药就回家了。后来她开始说头痛、脖子也痛，头还不停地晃动，医生说这又不像是斜颈病，还说他们没办法治，我们这才慌了，带她四处求医，推拿、针灸、功能训练等治疗办法都尝试过，也吃了很多药，但都不见效果。她今年十六岁了，已经病了六年。现在她全身消瘦得厉害，走几步就会感觉累得很，因为这个病，她都无法去上学。”

女孩听到妈妈的话，不停晃动的头停了几秒，她难过地嘟囔了一句，这次虽然依旧是吐字不清，但我却听懂了她的话：“我想上学。”这让我很难过。

我仔细端详女孩，只见她虽然消瘦，但从大眼睛和瓜子脸可以看出这是一个漂亮的女孩子。她眼里的痛苦和语调里的难过让我知道，这个青春花季的少女也会有她的梦想，但只是她的梦想被牢牢地攥在病魔的手里。

苏苏同情地看了女孩一眼，然后对她妈妈说：“她都这么累了，你还带她出来旅游做什么？”

“哦，不是旅游。”女孩的妈妈看了我们一眼，说，“看你们是城里人，说出来也不怕你们笑话，其实我们来这儿是许愿的。”

“许愿？”

“嗯。我家是附近县里的。我女儿的病看了很多医院都不见好转，老一辈子的人说我女儿这是有不好的东西跟上，要去几家观音寺里拜拜，所以我们就走到这里来了。”

想不到还有这么迷信的事情，有病拜菩萨而不去医院，我们都愣住了。一时间大家都沉默下来。

过了一会儿，女孩的妈妈说：“我们还要去别的寺院，先走了。”说完，也不等我们回话，她径直搀着女孩站起来，顺着来路走去。

女孩不停晃动的头和身体有一种说不出的悲凉，我们无法给她提供任何帮助，只能默默地看着她们远去。

就在她们将要走出我们视线的时候，苏苏突然追了上去。我和小七有些愣住，不过也马上追了上去。

追上那对母女后，苏苏对女孩的妈妈说："阿姨，她还这么小，不要拜菩萨了，还是带她去大医院做详细的检查吧。"

"我……我们……"女孩的妈妈欲言又止。

而女孩听了苏苏的话，她拉拉母亲的衣角，口齿不清地道："我要看病。"

她母亲的眼眶瞬间泛红了，哽咽道："我们家做梦都想孩子的病因检查出来，我和她爸爸想，孩子更想。她还想要治好病回学校念书呢……孩子，不要着急，爸爸出去打工了，等他挣到钱，咱们就去北京，北京不行就去上海，妈妈一定会给你看病。"

女孩不停晃动的脑袋又停顿了几秒，眼底闪过一丝光芒，她拉起母亲的手，结结巴巴地安慰道："不、不急……妈，你、你也不要急……我、我一定会好的。"

望着这对母女，我想起婺源捕鱼女孩妞妞的瘫痪母亲，和俞源圆梦女孩娜娜的父亲，不由得深深地叹了一口气。在病痛和贫穷充斥的这些家庭里，多亏这些女孩们没有选择自暴自弃，消沉沦落，而是用她们坚强的意志和深深的爱来渡过生命中的黑暗。我想这个女孩肯定也能如妞妞和娜娜那样坚强，一直坚持到查出病因那一天。

22. 心里的一根刺

在杨家溪回到县城的傍晚，艾丝打来电话，她需要我回工作室处理一下以前我经手的一项工作，于是我不得不和小七、苏苏作别。

因为艾丝催得急，我于是搭乘飞机回去。走出石市的机场，我伸手拦计程车时，一个人从远处冲过来一把抱住我，嘴里还嚷嚷着："豆子，你可回来了，你这一走可想死我们了。"

"小米。"我惊喜地抱住她，"你在这里做什么？"

"一个同学要出国了，我来送她。我现在要回工作室，豆子，你现在要去哪儿？工作室还是你家？对了，怎么只有你一个人？"小米说着四下张望，"你男朋友江廉呢？他没和你一起回来吗？"

廉的名字像是一根刺将我的心刺痛，但我不想让别人知道我们分手的事情。于是装出若无其事的样子说："哦，他有事回家了。"

"豆子，还是你活得洒脱啊。你和廉……"

"咱们一起去工作室吧。"我岔开小米的话，"工作室最近怎么样？"

"嗯，好啊。工作室最近的工作量太大了，我们每天都要加班一个小时，活活把人累死了。"提到工作室，小米的话题滔滔不绝。我对已经离职的单位工作不感兴趣，但能成功地把小米的注意力转移开，我不由得暗暗松了一口气。

处理完工作室的事情，已经天黑了。艾丝说我大老远地赶回来支持她的工作，打断了我的旅行计划，心中很过意不去，因此执意要请客。

在餐厅里，她们听我说起去过的地方，看着相机里那一张张美丽的照片，她们都赞叹不已。当我说到古镇上那一个个在疾病或是贫穷中挣扎的女孩时，她们都沉默了。

良久，小米嘟囔着："咱们该为这些女孩做些什么呢？"

"能做什么？"艾丝比我和小米大三岁，也比我们见识多，她无奈地说，"我们虽然饱读诗书，也混为一个都市白领，但我们的薪水也只够养活我们自己的，连父母都侍奉不了，哪有钱来资助别人。"我和小米知道她去年买了一套房，每个月还有高额的房贷需要还。

"艾丝姐说得对，我们做不了什么的。"我说，"我现在唯一能做的就是用笔把她们记录下来，用文字来见证这个世界发生的一切。"我把自己要转型做自由写作者的事情与她们分享，她们都很为我高兴。

艾丝说："豆子，做自由职业好是好，但自己要扛的压力也不小。如果前路不通的话，你就还回来吧。你走后应聘的那个实习生还有半年的实习期，在这半年里，只要你愿意回来，我随时欢迎。"

"是啊，"小米也说，"如果转型不成功，你就回来。"

虽然我从来没有想过要吃回头草，但艾丝的话依然让我眼窝湿润。要知道，这可是违背职业道德的，由此可见艾丝把这份交情看得有多重，我唯一能做的便是还给她们一个紧紧的拥抱。

晚餐结束后，她们两个问我晚上去哪儿睡觉。其实我租的那套房还没有到期，所以我一直没有退掉。小米说这几个月那房间里都没人，一定很冷清，因此执意让我去她那儿。但我拒绝了，我想要回我的出租屋——那个见证过我和廉的爱情的地方。

第九章　画里郭亮

23. 家里进贼了

到了楼下才知道电梯坏了。好在我家在四楼，爬楼梯上去也不是太难的事情，于是我转向楼梯间。走在昏黄灯光笼罩的楼梯上，我忽然想起去年的一个冬夜。

那天，工作室加班到夜里十点才回家。快到小区时远远发现廉在小区门口，他只穿着一件毛衣，在寒冷的冬夜里瑟瑟发抖。我有些心疼地责备他不知道爱惜自己。他告诉我说刚才小区停电了，电梯无法运行，楼梯间又黑乎乎的，他担心我会害怕，所以下楼来迎我，因为太着急便忘记了穿外套，听了他的话，我一时不知道该说什么，只是紧紧抱着他，嘴里嘟囔着："廉，你这个傻子。"

他伸手揉揉我的头发，笑着说："豆子，我就是一个傻子，你可不许不要这个傻子啊。"

而如今，我才发现原来傻的人不是廉，而是我，我傻到把爱情恣意挥霍，最终，我失去了爱我的人。廉一定也没有想到，说完那句话才三个月，他便放弃了我。

走到三楼时，迎面碰上一个老太太。越过我后，她忽然回过头对我说："哟，这不是四楼那姑娘嘛。可有日子没有看见你了，你去哪儿了？"

我认识这位老太太，她家在五楼。平日在小区里看到过，但很少交流，没想到今天她会突然和我说起话来，我不由得一愣，连忙回答说："我出去旅游了几个月，刚回来。"

"哦，"老太太往下走了几步，忽然又顿住脚步，回头望着我说，"不对啊，我前些天还看到你家敞着门呢。"

"什么？"我大吃一惊。要知道当初租房的时候，我与房东说好，我按整年交房租，他手里不能有房子的钥匙。也就是说，这房只有我能打开。莫非是遭贼了？

我三步并作两步爬上四楼，却见房门紧锁，门口大红福字在灯光下依然那般鲜艳。这是过年时我和廉去商场一起挑来的。本来廉想带我去上海过年，但被我拒绝了，他又提出要去我家拜见父母，也被我拒绝了。廉又不愿意与我分开，于是我们便留下来一起在石市过年。

还记得年三十晚上吃饺子时，小弟打来电话说爸妈想我，因为我没有回家，所以他们连年夜饭也吃得食不知味。听了小弟的话，我哭了。

廉说，豆子别哭，我马上订机票，咱们明天就回去。我依然摇摇头。廉有些恼了，他说："豆子，你真任性！"

廉的话像极了儿时母亲对我的数落，我愤怒地冲他大声嚷：“这是我的家，我的生活不需要你来指手画脚，你给我走。”

现在想起来，这是我们第一次最厉害的争吵。有人说，夫妻之间，争吵只要有了第一次，便会有无数次。而恋人之间其实也是如此，争吵就好像被关在闸门里的洪水，一旦开泄便一发不可收拾。也就是从那时候起，争吵成了我们的家常便饭。直到有一天廉吵累了，放了手。而今“人面不知何处去，福字依然笑春风”。

我看着那个福字重重地叹息着，不过推开门进去看到屋里摆设依旧时，我又暗暗舒了一口气，想必是那位老太太看走眼了，我的门锁得这么牢固，除了我和廉能进去，别人根本无法打开这把锁，不过廉已经出国了，哪里还会有人进来?!

我把行李扔在沙发上，然后将自己重重地扔进床铺，我将脸埋进被褥里，一股熟悉的味道扑面而来，这是家的味道。它像是一只温柔的小手，轻轻抚摸着我那颗疲惫的灵魂，让我感到无比熨帖。

以前上班累了，这种熨帖就如安眠药一般给我催眠，但，今天却失去了它的效用。我闭上眼，脑子里却越来越清晰。

忽然，我猛地站起身来，惊诧地瞪着床上。我清晰地记得自己临走的时候，把床、沙发和书桌等家具都盖上了罩，以防回来时到处都是灰尘。但此时，盖在床上的罩子却被掀起一半来，露出里面的被褥和枕头。

想起刚才那老太太的话，我的后背冒出一阵冷汗。我连忙四处查看，但除了床上被掀起一角，别的东西都没有动过。确定不是贼光顾后，我心里一动，猛地冲出卧室，向廉的房间里冲去。

屋子里空荡荡的，没有廉！但我却执拗地相信他回来过。几个月的旅行让我以为自己已经放下了这段感情，但当我发现他也会回首时，我的心忽然澎湃起来。我疯了一般在两间卧室里寻找，我多么希望能够看到他留下来一些信息。哪怕是一点点的暗示，我想我也会抛开自尊去找他，求他回来。但我很快失望了。

我有些不甘心地登录网站，进入他常去的那几家论坛寻找他的踪迹。终于在一个去郭亮旅游的帖子里看到了他和驴友们的互动。原来两个月前他就已经从国外回来了，他说郭亮的美让他震撼，因此下一站一定要去郭亮。

在他的博客和微博里，他对我们这段感情只字不提，显然，这段感情依然是他心中的痛，提不得，碰不得。这个事实让我狂热的心情慢慢降下温来。无论有多么不舍，但我必须要承认，我们已经越走越远了！

我无意识地抬眼看向窗外，却意外地发现在窗台上放着一本《国家地理》杂志。我疾步过去拿起来，我知道这是廉留下来的，因为《国家地理》是他最爱看的杂志之一，他是一个不折不扣的地理迷，每期的杂志都让他爱不释手。

我翻着杂志，脑子里却全是廉。杂志怎么会在窗台上？廉为什么会在那儿看杂志？莫非他是在等我回来吗？我想起以前每当我下班走进小区时，总是能看到廉站在窗台前看我。他说过，只有看到我安全回家，他才能安心做事。廉，你也是割舍不下我们的过去，不是吗？

忽然，我的视线停在杂志里的一张照片上。

24. 第九奇迹

照片拍摄的是一片赤红色的百米悬崖绝壁，绝壁的中间有一条隧洞，在夕阳下，一个剪影靠在洞口，那意境美极了。这不正是刚才我在论坛里看到的郭亮洞吗？那一刻，我忽然理解了廉为什么说一定要去郭亮的原因。我也心动了！

因为地势险峻，而我又是只身前往，所以我决定先上网搜索一下旅游攻略，规划好旅游线路为妥。在搜查的资料中得知：郭亮村位于河南省辉县西北60公里处的太行山腹地，村口有一条长约1300米的隧道。因为是由郭亮村村民们自发修建而成，所以这条隧道被称之为郭亮洞。由于这条隧道是在太行山的悬崖峭壁上开凿而成，因此它还有另一个更震撼的名称——绝壁走廊。

我买好从石市通往新乡的火车票，因为太急迫地想要看到让人震撼的绝壁走廊，所以到了新乡后，我没有歇息便转身上了去往辉县的巴士，到站后又马上踏上了通往万仙山的巴士车。六个小时后，我已经站在万仙山景区的门口。

买好票，我随游客乘坐上景区的小巴士，汽车在迂回曲折的盘山公路上往前行驶，沿途可见山清水秀，峰峦叠嶂，优美的风光和清新的空气让人心旷神怡。

很快，一座赤红色绝壁出现在前方。照片里的景致突然出现在眼前，想到我马上就要身临其中，这让我有些兴奋起来。

只见山体仿佛被斧劈刀砍一般，如同一面竖立在天地间的镜子。仰望着眼前的悬崖，车里的乘客都惊呆了，大家纷纷感叹大自然的鬼斧神工。

公路到此并没有戛然而止，而是斜插进悬崖腰间，从山体里钻过去。远远望去，宛如一个巨人腰间缠绕着一条洁白的玉带。我知道，这就是被称之为世界第九奇迹的绝壁走廊郭亮洞了。

说起这条走廊，便不得不提到走廊尽头的郭亮村。位于太行山腹地的郭亮村建在悬崖峭壁间，村子前面是百米悬崖，后面是高耸的山峰。村民们出山进山唯一的通道便是一条镶嵌在绝壁上由一块块参差不齐的岩石垒起的古道。这是当年北宋名将牛皋在太行山驻兵时修建而成的一条路。这条高130米、大约720级台阶的石梯路最宽处1.2米，窄处仅0.4米，险要处必须弯腰侧身才能通过。登这条石梯路犹如登天，因此又被人称之为天梯。

在入洞口的绝壁长廊牌子上，清晰地记录着修路的那段历史：1972年，在村党支部书记申明信的带领下，选出十三个青壮年开凿通往外面的大路。全村的男女老少也参与其中。经过五年的艰苦劳作，终于在绝壁中凿出一条高5米、宽4米、全长1300余米的石洞，这便是赫赫有名的郭亮洞。

置身于洞中，细细感受大山的脉动，人在这样的大自然面前，显得那样渺小，无论你有什么样的压力，在这样的环境中也会变得微不足道。但人的精神又是如此强大，只要努力和坚持，就没有什么困难是不能被征服的！

不过，这还不是万仙山最美的风景。

穿过走廊尽头，眼前赫然出现一座颇有古朴韵味的红石拱桥，在桥的那端，就是被群山环抱在怀中的郭亮村。我还没有进入村庄，便被一群写生的年轻人吸引住了。忽然想起攻略上说过，郭亮村因为自然风景优美而成为艺术院校师生们的驻扎地。

只见他们三个一群、五个一伙儿，散落在村口的各个角落，他们相互指点和评论着同伴们的作品，人群中时而响起一阵笑声。

25. 爱是她的腿

在这个群体中，我发现有一个女孩与众不同。只见她独自一人坐在离人群不远处的悬崖边上，她那样专心地在画纸上描绘着，好像此时这个世界除了她的画纸和画笔，别无其他。

我走到她身后仔细看她绘画。一支画笔和一个小小的调色板，在她手里是那样的挥洒自如，画笔起落间，一座座奇绝峻美的山峰便跃然纸上。当她画出悬崖上那棵绿色的树，整个画面也多了一分生命的灵气。我忍不住赞道："真棒！"

她回过头来冲我微微一笑。我仔细打量她，只见她身穿白色长裙，脸颊上露出两个小酒窝，一双大眼睛在白皙的脸庞上显得又黑又亮。小姑娘长得真漂亮，我心里再一次赞叹着，对她的好感也增加了几分。

我指着她的画说："你才多大，竟然能画这么好的画！"

“我十七岁了。”小姑娘有几分羞涩地说，“画得不好，我想要表现郭亮人征服困难的那种精神，但却总也无法表达出来。”

“对于画画我是外行，不过我觉得你已经画得很不错了。”听她的话里有几分沮丧，于是我安慰说，“可能是你太小，还没有经历过磨难，所以无法把握面对困难的那种状态吧！等你再大些，也许就会表达出来的。”

谁知小姑娘眼神突然黯淡下去，她低下头自言自语道：“没有经过磨难吗？那倒未必。”

“你说什么？”

小姑娘抬起头来笑笑说：“我想你说得对，也许只有等我再大一些，才能理解和表达这一切吧。”

“嗯。我相信你一定会达到自己理想的境地的。”我拍了拍她的肩膀，鼓励着。

和小姑娘道别后，我向村子里走去。这是一个淳朴的村落，它坐落在海拔1700多米的悬崖绝壁上，前面是万丈悬崖，后面是群山峭壁。在郭亮洞修好之前，这儿的村民一直过着与世无争的隐居生活，与外界联络的唯一通道便是那条建在悬崖峭壁上仅容一人通过的天梯。

后来我去了那座天梯。虽然天梯是郭亮村人的生命之路，但是自古以来，有许多郭亮村人失足于天梯，或丧命，或身残。后来，郭亮村人在村党支部书记申明信的带领下，肩挑手抬，经过五年的艰苦劳作，在打坏了4000多个铁锤，消耗了12吨钢钎后，终于在绝壁中凿出一条高5米、宽4米、全长

1300余米的石洞，这便是赫赫有名的郭亮隧道。隧道的通行把郭亮村展示在世人面前。

站在村子里，仰头看见的是山，低头看见的还是山。因为周围全是石头，所以在村子里随处可见当地人用石料制作的石房、石桌、石凳、石床、石阶、石坝、石路、石碗、石筷、石桥、石斧、石锄、石磨、石碾等，整个村落显得淳厚而朴实。村子里的民居是普通的村舍，但是这儿却有着“中国影视城之村”的雅号。20世纪，谢晋导演的那部《清凉寺钟声》一播出，便有许多摄制组来此拍摄外景，《双雄会》《红姑寨恩仇记》《石头世界》《倒霉大叔的婚事》《举起手来》《天高地厚》《花木兰》等几十部影片都曾在此拍摄，也使得这座深埋在太行山深处的小山村声名鹊起。

郭亮村像是一个世外桃源，吸引着游人的目光。村里有许多自然景点，有崎岖蜿蜒的石径，有深邃神秘的溶洞，还有垂挂悬崖的喊泉银瀑。在郭亮村后山两公里处，是溶洞的集中地。从村子步行半个小时便可以到达。进入洞内，才发现相比于南方大型溶洞来说，郭亮村的溶洞显得小巧别致。想必在炎热的酷夏时节，洞内却清静自然，凉意阵阵，定是一个避暑寻幽的好去处。

我选择在郭亮村的农家旅店住了下来，每天在村子里和郭亮洞游荡。在这里，人被融入大自然中，所有的压力都不复存在。

几天后我决定离开郭亮村。临走前，我再次去往天梯。爬上险峻的天梯，站在高处放眼瞭望，但见万仙山群峰峻峦，连绵不绝，峡谷沟沟壑壑，千姿百态，集险峻秀美于一身，而对面的红色砂岩绝壁在霞光的辉映下显得更加雄伟壮观。这样的美景让人流连忘返，真正是“相看两不厌，唯有郭亮桃花源”。

越是眺望，越是不舍。在天梯上流连良久，我才狠狠心向下走。从天梯下来时，我看到那个写生女孩正坐在不远处，她身穿一袭蓝色长裙，正专心地画着天梯。这几天都没有看到这个女孩，突然看到她，我有些惊喜。

虽然只是一面之缘，但我十分喜欢这个小姑娘，于是便走过去和她打招呼。看到我，她很开心。当我告诉她我从天梯上刚下来时，她脸上露出羡慕的神色。

我不无遗憾地说：“我马上要走了，以后只怕也难得再来这儿了。倒是你居住在这儿，想什么时候去爬天梯都行。”

“我吗？我永远也爬不上去的。”小姑娘沮丧地扭过脸看向身后。我顺着她的视线看过去，等我看清她身后的物体，心中不由得一惊，在她身后赫然放着一副拐杖。

“你的腿……”

“我没有腿。”小姑娘平静得仿佛在说别人的事情，“十岁那年的一个周末，我背着画板去公园写生，谁知过马路时，一辆汽车逆行而来，将我撞倒在地并从我的腿上压过去……”小姑娘说不下去了，她只是伸手撩起裙摆，两条假肢刺得我的眼发涩。

望着女孩美丽的脸庞，我的心一阵阵发紧。这么小的年纪便要经历这种磨难，真不知道她是怎么熬过来的。我想起那天自己说的话，不禁有些愧疚。为了冲淡小姑娘的悲伤，我扯开话题问："你是哪里人？"她纯正的普通话让我知道她不是本地人。

"我是北方人。半年前在网上看到介绍这儿的文章，便想来这儿写生。我爸和我妈都很爱我，他们送我来到这里，我妈还留下来陪我。不过过几天我也要走了，我想吃我爸爸做的炸酱面了。"小姑娘说到这儿，既开心又有些骄傲，"告诉你，我爸爸做的炸酱面可好吃了。"

"是吗？真好。"我抚摸着小姑娘的肩膀，心里明白，正是父母的爱扶持她走过人生中最黑暗的路程。有这样的爱陪伴，她未来的人生不至于太黑暗。

这一刻，我忽然想家了！那个我一直在逃避的家，竟然让我想得心都痛起来！

第十章　王村芙蓉

26. 每个结果前面都有一个原因

我的家在四川省成都市，那儿是一个好地方，山清水秀，气候温和，是一座很适合人类居住的城市。但就是这样一座美好的城市，却是我从童年开始就想逃离的地方，这一切，只是因为我是一个女儿身。

我的父母老家都在乡下，他们经过不懈的努力进到市里，并在市区买了房，从而成了都市人家。他们虽然成了城市人，许多事情和做派也有了都市范儿，唯独在生儿育女这件事情上沿袭了祖辈们的思想，他们认为女儿早晚都是要嫁人的，只有儿子才是他们的后人。他们是那样期盼着第一个孩子是儿子，因此当我降生时，他们并没有预期的那样高兴。

从我有记忆开始，便经常听到他们争吵。无论争吵的原因是什么，最后总会绕到我身上来。父亲指责母亲的肚子不争气，母亲气愤地还击，但最后总是在父亲“你让我家绝了后”那句话中闭上嘴。

小时候，每当我淘气的时候，父亲便会对母亲大声嚷：“一个女孩还这么淘气，你是怎么管孩子的？”母亲听了后便会指着我吼：“你一个小丫头片子，咋还这么淘呢？就不能让你妈省心一些吗？”

在父母的训斥声中，小小的我变得畏缩和自卑，就在这时，我们家迎来了小弟，那年我七岁。小弟的降临让父母的心愿得以实现，他们的生活重心全部放在小弟身上，家里的争吵声也少了，这让我暗自高兴了一段时间。

母亲既要照顾小弟，还要上班，所以经常兼顾不过来，她吩咐我照看小弟。小弟的吃喝拉撒玩都要我照顾，我俨然成了小弟的半个保姆。但即使是这样，我依然很开心，因为父母已经没有精力来事事针对我了。

不过，这样的情形并没有持续太久。随着小弟一天天长大，他会淘气了，常常闯祸。每次母亲都会责备我，怪我不好好照看小弟才会这样。我也曾据理力争过，但我根本争辩不过，最后总是在母亲的训斥和小弟的窃笑中收场。

每次收场后，看母亲拿出好吃的东西来哄小弟，我就暗暗想，我一定要离开他们，而且永远也不要再回来。为了达到这个心愿，我拼命念书，从小学到初中再到高中，我始终都保持着前三名。到了高三填志愿的时候，别的同学都和父母商量报考哪里的大学，很多同学都舍不得离开家，因此报了本省或附近省市的大学，唯独我没有和父母商量，独自报了北方的大学。

考完后，母亲才知道我已经填完了志愿。得知我报的几个志愿都离家几千里之外，她什么都没对我说，只是轻轻地叹了一口气，自言自语地说了一句：“唉，一个女孩子去那么远的地方上学……”

记得春节时，廉执意要订机票陪我回家，在我拒绝后还说我任性冷血，为此我们大吵了一架。

但廉又怎么会知道我的痛？如果能懂我的痛，廉，你还会那样说我吗？

坐在通往成都的火车上，我倚着车窗，心中却无限惆怅。如果当初我向廉说出我那悲伤的童年，廉会不会明白我？也许那样的话，我们就不会争吵，也不会闹到最后各奔天涯的地步。但纵然时光倒流，我想我也不可能对廉说出这一切的，因为这对于我来说是人生的一大败笔，我的自尊不允许我在人前说出来。

“妈，你们放心吧，我会好好工作的。”邻座女孩的电话打断我的思绪，我回头看了她一眼，心中却想起另一件事情来。因为担心在电话里说不清楚，所以我辞职去旅游的事情一直都没有对父母说，每次通电话时总撒谎说在工作，此次回去面对面总不好再撒谎了。

我想，这次是一定要告诉他们的了，大不了再接受他们的“讨伐”呗，反正这样的“讨伐”儿时几乎一天一场。想到这里，我的忐忑竟然散了去。

我看见父母时，他们正锁上家门往外走。自从我上大学以后，因为不想再花父母的钱，我便开始找兼职挣学费和生活费，所以假期我总是以兼职为由不回家，只有在过春节那几天我才回去。偏偏去年廉的关系，所以春节我也没有回去。当我突然出现在他们面前，父亲和母亲都愣住了，好一会儿才缓过神来。

“豆子!”母亲张开双臂向我跑过来，到近处她犹豫了一下却并没有拥抱，只是垂下手臂接过我的行李箱，嘴里说：“豆子，你怎么回来了?”

母亲的话语里有一丝不易察觉的颤音，搅得我的心也跟着颤起来。“我……”话到嘴边，我又改口道，“我……我最近有空，所以回来看看。”

“你这丫头，怎么也不提前打个电话告诉我们一声?”父亲伸手过来想要接我的行李箱，但行李箱被母亲接过去了，他只得缩回去，尴尬地搓着双手。

看他们想要亲近却又生疏的样子，我有些难过。本该是最亲密无间的亲情而今却变成这般不堪的模样，除了父母当初的偏执和嫌弃，难道我就没有错了吗?

豆子，你太固执了，总是揪住一个人的错误不撒手，那样你不快乐，大家都不快乐。廉这样说我。廉，我真的错了吗?但他们当初嫌弃我的时候，可曾想过，一个小孩子是怎样去承受他们所有坏情绪的吗?豆子，你已经不是小孩子了，怎么可以那么任性?廉，我知道，自己是成年人了，不能再任性了的，我不任性了还不行吗?!

“哦，这不是想给你们一个惊喜嘛。”我向父母扬起一个笑脸。

一直以来，我和父母说话都是客套而冷淡，因此突然的笑容让父母都呆了呆。

“喔……喔……快回家，回家。”父亲伸手抹了一把脸，和母亲转身向家门口走去。我走在他们后面，发现不知从何时起，父亲本来挺拔的背影有些佝偻了，母亲最在乎自己的形体，但现在却显得有些臃肿。他们正在一步步老去，意识到这一点，我一阵心酸。

接下来的几天，父母问得最多的便是我的男朋友。“你的男朋友呢？怎么没有带回来让我们瞧瞧。”

“呃，他忙呢。”“忙好，忙好啊，那你总有他的照片吧。拿来让我们看看。”我告诉过他们我有男朋友的事情，但因为隔膜，所以我从来没有传过廉的照片给他们看。

“没……”“怎么会没有？不是一个喜欢摄影的嘛，肯定有照片。哦，你们这些年轻人都玩QQ和博客，一定是在网上，快找出来给我们看看。”

就在我对母亲的追问难以应付时，李子给我打来了电话。得知我在四川，他很是惊讶：“豆子，想不到咱们认识这么久，你竟一直没有告诉我你是四川人，咱们是老乡啊。”我呵呵地笑，我当然不会告诉他，自己曾经有多么想要脱离这个身份。

“豆子，你回到家，按理说我应该给你接风才是。只是我这几天要出差，十多天后才能回来。”李子有些遗憾。李子告诉我，他办完事后会去凤凰古镇，想到我一直在行走古镇，因此打电话想要约我去那儿。

凤凰古镇几个字让我很是心动，自从开始行走古镇后，凤凰便是我计划中必然要去的一个点。这只源于廉去过那里并对凤凰有着极高的评价。加之也想躲开父母的追问，因此当李子问我有没有兴趣和他一起去时，我连声答应下来。李子本打算乘飞机过去，不过听说我会同行，他于是改变了主意要自驾车去。

我告诉父母搭朋友的车去凤凰古镇，然后就会回去工作，暂时不会回家了。父母以为我真是要回去上班，倒也没有再问什么。

27. 逃离是唯一的路

当李子来到我家时，父亲上班去了，恰逢母亲休假在家。李子的儒雅有礼深得母亲的心，她拉住李子的手问长问短。一贯善于应酬的李子此时就像是一个老实的小学生，不但对母亲的问题有问必答，甚至就连母亲没有问及的家庭状况和个人情况都一五一十地说了。

得知李子还没有女朋友，母亲看了我一眼，脸上露出深深的遗憾。我故意装着不懂她的意思，但她显然不肯就此罢休。趁我进屋收拾行李的时候，她追进来说：“这个李子真是挺优秀的，没有女朋友，而且还是四川人。豆子，你可别嫌我多嘴，我看得出来，这个男孩对你有意思。虽然我一直没看到你的男朋友，但我觉得这个李子应该是最适合你的。”

我无语地自顾收拾行李，母亲继续说：“你看，将来你们要是结了婚，就可以在成都安家。这样离我们也近些不是，我告诉你，你小弟一心想要出国，我和你爸可就指望你……”

母亲的话勾起我的记忆，几天来小心翼翼修补的亲情在一瞬间撕裂，我猛地打断母亲的话：“妈，你们不要指望我，我从来没打算在这里安家的。”

“你这孩子怎么说话呢？我们怎么就不能指望你了？”

“因为……因为我只是一个丫头片子……”我话一出口就后悔了，因为我看到母亲的脸色变得极为难看，而她难看的神情再次将我拉回到过去。以前母亲脸色一变得难看起来，便要开始训斥我。不想听她的训斥，我连忙提着行李箱走了出去。

李子要去办事的地方是吉首市。在路上，我和他说起去杨家溪漂游的事情，李子笑道：“你喜欢漂游的话，根本不用去那么远的。其实咱们这次去的地方就有天下第一漂。”

“天下第一漂？你说哪儿？”

“王村啊。”见我有些迷茫，李子解释说，“说王村你可能不知道，现在王村也已经改名为芙蓉镇了。要说芙蓉镇你就会知道了，这就是谢晋导演、刘晓庆主演的那部电影《芙蓉镇》里的拍摄地啊。”

“哦。你这一说我倒想起来了，上学的时候我就看过这部电影，还曾经被电影里那个小镇别致的风情所打动呢。”

“那你有没有兴致去那儿逛逛？”

“当然。”

说这话的时候，我们已经进入吉首境内。但听说我想去芙蓉镇，李子便调转了方向，向永顺县方向驶去。

湘西的山高、峻、险，峰峦叠嶂，汽车在巍巍青山丛中奔跑着，看着窗外奇特的自然风景，我连连惊叹湘西的美妙不可言，并说即使没有人文底蕴，看到这样优美的自然景观也值了。

李子听了我的话哈哈大笑。他说："世人都知名扬天下的凤凰古镇，却不知道在巍峨的崇山中，还掩映着有着两千年历史的王村芙蓉镇，其自然风景、其人文底蕴都不在凤凰之下。"说起王村，李子的话滔滔不绝，原来他已经来过这里好几次了。

李子还告诉我，芙蓉镇有一个镇村之宝，那个宝贝能够告诉我王村具有多大的历史文化价值。我好奇地追问是什么宝贝，李子神秘地笑道："到了那儿你就知道了。"

王村古镇位于湖南省湘西土家族苗族自治州境内的酉水河畔，距离县城永顺约51公里。不过，我们进到古镇的时候，天已经黑了，我们便找了一家旅店住下。

古镇的夜清幽静谧，但在这份静寂中，却传来水流冲击河床发出滔滔不绝的轰鸣声，让人无法入眠。我在床上辗转反侧了一番后，索性起来开门出去，却惊讶地发现李子也没有睡。

他告诉我说，王村古镇有一个瀑布景区，水流冲击河床的声音便是瀑布发出来的，而古镇位于瀑布的上方，因此王村又被称之为挂在瀑布上的古镇。

"豆子，我带你去看瀑布吧。"

“现在黑漆漆的，怎么看?”我满心疑惑地跟着李子出了旅店，循着瀑布声走去，随着轰鸣声越来越响，穿过黝黑的小巷，瀑布赫然出现在我们面前。

看到瀑布的那一刻，我惊叫起来。只见漫天星斗的大背景下，在绿色的植被中间，有几条瀑布如白色的绸缎从空中直冲而下，瀑布后面设有一列霓虹灯，红的、紫的、蓝的……各种颜色的霓虹灯散发出五彩缤纷的光芒，将瀑布也映衬得五颜六色，让人仿佛踏进了幻境一般。

“走，我带你进去看看。”李子说着拉起我打算绕到瀑布后面去，但刚走出几步，那霓虹灯却在瞬间熄灭，我们只好在街上闲逛了，谁知在黑夜中，我们竟是迷了路，站在沿巷一家吊脚楼的门前，我不禁嘲笑李子这个业余向导的不称职。李子不好意思地笑了，他说，以前来的时候都是白天，从来没有在夜里游过古镇。

这时，一个女孩从我们面前走过，李子连忙向她打听我们订的旅馆在哪里。那个女孩戒备地看了他一眼，没有说话，脚下却加快了步伐，这让李子有些哭笑不得。

我忍住笑，追上那个女孩，告诉她我们只是迷路的游人。女孩将信将疑地看着我，确定我并无恶意后，她告诉我们，正好她要去那附近，让我们跟她走。

在巷子里左转右绕了不知道有几圈，我们终于被女孩送回到旅店。或许是刚才转悠得太累的缘故，我不再嫌瀑布声太吵，在瀑布的滔滔声中，我渐渐进入了梦乡。

28. 失学女孩的路

早晨醒来，我推开窗才发现，原来我们就住在临河的吊脚楼上，怪不得昨晚能够那么清晰地听到瀑布声。吃完早餐，李子看了看有些阴沉的天，并没有带我去看瀑布，而是乘车去了离王村四十公里外的猛洞河漂流点。

我们坐漂流船顺流而下，沿途两岸峭壁高耸，很是威风。河面时宽时窄，水质清澈；青山如黛，古木参天，倒映在清澈的河水里，仿佛是在画中游行一般。比起杨家溪的漂流，猛洞河漂游少了几分悠闲，多了几分惊险。

天气本就阴沉，上船后不久，竟然下起了小雨。细雨霏霏，雾气弥漫，两岸的景色像是笼上一层薄纱，显得神秘缥缈，河面上仿佛被披上一层轻烟，朦胧飘逸，置身于这样的景致里，宛如漫游仙境一般，让人不自禁地沉醉起来。

当我们漂游到芙蓉镇时，雨停了。天空放晴，我也得以看到王村瀑布的全貌。只见瀑布分上下两层，水量并不大，宛如一匹白色的骏马自上一冲而下，气势磅礴，流经一段平坦的水潭后，再形成第二层瀑布帘，这次水势有所收敛，像是一匹白色的纱缎倾泻而下，珠飞玉碎，极为美妙。

瀑布后面修有栈道，那便是昨晚我和李子看到的那条梦幻通道了。我们从栈道穿行而过，便有溅起的水珠落在肩头、落在发梢、落在脸颊，给人一种清清爽爽的感觉，舒服极了！

古镇有了这样美丽的水，便从里到外都透着一股子灵气，因此，水当属王村古镇一绝。当年，沈从文老先生回凤凰经此而过，惊叹于王村的奇美和灵秀，在文章里写道：“……夹河高山，壁立拔峰，竹木青翠，岩石黛黑。水深而清，鱼大如人。河岸两旁黛色庞大石头上，在晴朗冬天里，尚有野莺画眉鸟，从山谷中竹篁里飞出来，休息在石头上晒太阳，悠然自得唦唱悦耳的曲子，直到有船近身时，方从从容容一齐向林中飞去。水边还有许多不知名的水鸟，身小轻捷，活泼快乐……”

从码头走向镇子里，一条石板路蜿蜒逶迤，望不到尽头，这条路便是芙蓉镇赫赫有名的五里石板街。俯首细看，脚下石板光滑如镜，这都是千千万万行人踏磨的结果，当年建镇筑路的人早已化成了尘土，唯有这条石板街依然存在于人世间，它默默地见证着千百年来世事的沧桑。

石街两边都是韵味十足的古朴民居，这些老式木屋临街的一面被做成了店铺，上面雕刻着各种镂花图案，古朴淳厚，韵味十足。行走在这条石板街上，就像是踩在岁月的碎片上，历史的气息迎面扑来。

我和李子漫步在阡陌纵横的巷子里，只见错落有致的吊脚楼里随处都可看到土家女儿在刺绣和织锦，那些色彩斑斓的锦缎里所蕴含的土家族迷人风情让我沉醉。

“豆子，要是喜欢就买一些吧。”说着，李子拉我进了一家织锦商店。

说这是一家商店，不如说它是一家作坊。织锦机就摆放在店里，一个女孩坐在那里专注地织布，丝毫不为游人的指点所打扰。只见她的手和梭子在织锦机上飞快地来往着，织锦就在她的手里一点点成型、变长。那些漂亮的土家织锦制作成各种各样的成品挂在墙上，宛如一个个艺术品供游客观赏。

我和李子在那些织锦中挑挑选选。听我赞不绝口，织布女孩抬起头来打量我们，过了一会儿，她忽然笑了，说："原来是你们。"

我和李子愣了一下，随即也笑起来。想不到会在这里遇到昨晚帮我们领路的那个女孩，还真是有缘。

女孩告诉我们，李子问路的时候，她真把他当成不怀好意的男人了。

李子夸张地嚷："我怎么会是坏人？"

女孩有些羞涩地解释说："现在是白天，能看清楚你的模样，当然不会把你当坏人，昨晚看不清楚嘛。"

敢情是以貌取人，我和李子都笑了，这个女孩一如这座古镇一般简单和纯朴，情不自禁地让人心生喜欢。

我和女孩聊了起来。女孩告诉我，她名叫芙蓉，今年十九岁，在这里织锦已经两年了。得知我们是大学毕业，芙蓉露出羡慕的神色。我问她："你为什么不上学？"

"我当初没有考上重点高中，在普通高中上了一年，但期末考试的分数与上重点高中的同学相比，差了几百分，别说一本二本，只怕连三本都考不上的。我家本来不富裕，我妈说与其三年高中白白花钱，还不如现在就开始做工，这样不但不用花钱，还能挣钱呢。"

“可是，你将来呢？”我问，“你打算一辈子都做这个吗？”

“将来啊，我还没想过，”芙蓉音调低了许多，“不过我有几个乡下的女同学初中毕业就不上学了，现在已经嫁人，有的都有了孩子，成天除了带孩子，就是做家务，生活过得乏味得很。”芙蓉说到这里顿了一下，再说话时她突然提高了嗓门，“其实，我真的很想像你们这样上大学，然后找一份有前途的工作，领了薪水可以去买漂亮衣服，放了假还可以到处去玩儿。”

芙蓉的语气里有说不出的遗憾和惆怅，让人听了很难受。我和李子都沉默了。好一会儿，我劝她说：“芙蓉，如果你有上学的念头，不如回学校继续读书吧，考不上好大学，你可以考高职院校。最起码你不会有遗憾。”

“回学校是不可能的了，”芙蓉摇摇头，“别说我现在已经退学两年，就是刚出学校也没有再回去的道理。那样会很丢脸的。”小姑娘的自尊心和我倒有一比，我暗自苦笑，等到有一天会为自己的过强自尊买单的。

一直没有说话的李子忽然说：“芙蓉，你如果真有心学点知识，又不能去学校，那么你可以选择自考的。现在的教育途径还是很多的，只要你有心，就能学到东西。”

李子的话让芙蓉眼前一亮，脸上的惆怅也一扫而尽，她笑着向李子道谢，谢谢他帮她点明了另一条路。

和芙蓉告别后，李子带我去看芙蓉镇的镇村之宝。这个宝贝在湘西民俗风光馆里，是一根直径1尺、高4米、重5千斤的铜柱，名为溪州铜柱。看了关于这个铜柱的说明我才明白为什么李子说它是芙蓉镇的镇村之宝。

秦汉时期王村称酉阳，到五代十国时期改为溪州，到唐朝时期天下大乱，湘西也战乱连连，吉安刺史彭瑊兄弟投奔楚王马殷，后两家联姻，一起掌守溪州。

但一山不容二虎，马彭两家的后人为了谁掌管溪州而大打出手，终究是亲戚，最终两人握手言和，两个人约定以酉水为界，南马北彭，二人分管楚国。为了纪念这次罢兵盟誓，两人出资铸造了这根铜柱。千年岁月慢慢流逝，沧海都已变桑田，人世变迁几朝几代，就连这个古镇都改名换姓，唯有这根铜柱一直稳稳地屹立在这个地方，默默地见证着这一切。

第十一章　留守矮寨

29. 爱情和性是两个问题

我们在王村芙蓉镇一直逗留到下午三点，才开车向吉首驶去。

李子告诉我，他这次来吉首是给一家公司讲课，大约需要耽误两天时间，这两天时间我可以任意安排，两天后，他陪我去凤凰古镇。

大约两个小时后，我们到达吉首市区。李子轻车熟路地直奔那家公司而去，公司老总早就在公司门口等候，李子一下车便给了他一个热情的拥抱。原来他和这个姓刘的老总是老同学，两个人熟到称兄道弟的地步。

看见我，刘总有些惊诧，不过很快便露出怪异的笑，他上下打量了我一番后，向李子挑了挑大拇指。李子什么都没说，只是微微地笑。

虽然我和李子认识了好几个月，而且相处得极为融洽，但我从不喜欢打听别人的私事，所以我对李子的了解知之甚少。在刘总的接风宴会上，听刘总与李子的对话，我才知道李子不只是当初与工作室合作那家公司的主管，而且还是一家文化公司的讲师，每天有大量的工作需要处理。想到他竟然抽时间陪我游玩，我不禁很受感动。

晚上到刘总安排的酒店，发现只给我们两个人安排了一套客房时，我才明白刘总那个笑容背后的含义，显然他是把我当成了李子的女朋友。我转身想去前台再订一间客房，李子一把拉住我："豆子，你住这套房，我去订。"

我们到了前台，却被告知已经没有空房间，此时已经是夜里十二点，要临时去找别的酒店太费事了。李子说："豆子，如果你信得过我，我就在房间里打地铺；如果你信不过我，我就在大厅里凑合一晚。"

我当然是信任李子的，如果不信任，我怎么可能在每次他约我时，毫不犹豫地和他一起去旅游？但一想到孤男寡女将同处一室，我又有些迟疑。不过现在也确实没有什么好办法，总不能让李子真在大厅里待一晚吧。何况这还是刘总给他订的房间呢，我要那样做真是太喧宾夺主了。

李子的话音并不大，但依然被前台的小姐听了去。她看着我们俩吃吃地笑，反而把我弄了一个大红脸，我连忙拉起李子回房间去了。

进了屋，李子连声说："豆子，对不起。刚才我同学把你当成我女朋友的时候，是我的虚荣心作怪，就没有解释，所以才会闹出这样的乌龙事。”

“算了，这事不怪你。”我故作洒脱地摆摆手。为了排解尴尬，我故意拿起放在茶几上的水果刀向李子挥了挥，嘴里说，“不过晚上你可一定要老实，否则可别怪我不客气哈。”

“嗯，”李子点点头，脸色忽然很严肃地说，“豆子，其实你也知道，我是一直喜欢你的，正是因为我喜欢你，所以我会尊重你。”

套房里有一张双人床，还有一张沙发。李子抱起一床被子放在沙发上，然后笑着对我说：“喏，床铺让给你，我睡沙发。”

说也奇怪，本来我们一直相处极为融洽，但在密闭的空间里却显得有几分尴尬。我默默拿出毛巾和睡衣转身进了浴室，然后将浴室门关上，也将一屋的尴尬暂时全抛给李子。

等我再从浴室出来，只见李子安静地坐在沙发上，正面对手提电脑专心地忙碌着。听见我出来，他抬头冲我微微一笑：“豆子，我还要工作一会儿，你休息吧。”

“喔。”我手忙脚乱地钻进被窝里，严严实实地将自己裹进大被里，然后闭上眼，一颗心却扑通扑通跳个不停。其实，在这个一夜情盛行的开放社会，即使两个不认识的人见面就可以同居一室甚至上床，何况像我和李子这样都相互有好感的男女朋友。但我却偏偏无法认同那种对待感情的方式。

我觉得爱情是慎重的，是神圣的，同样身体的结合也应该是在这个基础上发展才对，所以我才会和廉约法三章。我这种观点在许多人看来是那样落伍，小米和艾丝就曾经笑我迟早会成为剩女。后来她们得知廉竟然认同并接受我的观点，她们都很惊奇。

小米说："现在这样的男人实在太少了，豆子，你可一定要好好把握住自己的幸福。"

但已经结婚的艾丝的说法却是另一种："豆子，你不了解男人。如果你执意坚持的话，只怕你迟早会被爱情甩掉。"

现在想起艾丝这句话，我的脑子里忽然跳出一个念头，廉突然离开我，除了我的固执和任性，会不会有这方面的缘故呢？

"豆子，睡不着吗？"李子的声音很突兀地响起来。

"嗯？"我纳闷地探出头，只见李子坐在沙发上正看着我。

刚才装得一本正经做事的样子，背后却偷窥人，哼！我有些气恼地缩回头去，嘴里道："你怎么知道我睡不着？"

"因为你在被里不停地翻腾，我哪静得下心来工作。我想你就是烙饼的话也该烙熟了。"李子似笑非笑地看着我。

还以为是他偷窥，却是因为自己的辗转反侧搅得人家无法专心工作，我吐吐舌头，向他道歉："对不起。好了，现在你工作，我睡觉。"

"算了，我也不做事了。"李子把电脑放在一边，侧歪在沙发上说，"豆子，你有心事，现在你就当我是树洞，尽情倾诉吧。"

从第一次与李子相识，我便会莫名地信任他，这一次亦是如此。

听了我的困惑，李子陷入了沉思。良久，他抬起头来说："豆子，说心里话，我很想撒一个谎，告诉你廉离开你有这方面的原因。但那样的话，我会鄙视自己。你说得没错，男人对性有天生的兴趣，所以才会在这方面成为主动者。但是，你要记住，每一个男人都希望自己娶回家的女人是纯洁的，是一个爱惜自己而不随便的女人。廉能够答应你那个条件，并且半年都没有越界，可见他是真心爱你，而且是想要对你的人生负责任的男人。所以说，他离开你绝不会是因为这个原因。豆子，你没有爱错人。”

李子的话让我心里稍稍好受了些。不过这也让我明白，这段爱情真是被我自己挥霍掉了的。

“豆子，我想问你一件事。”

“嗯，你说。”

“你和廉结束了吗？”李子小心翼翼地问。

“应该是结束了吧。”想到廉回到石市，却没有留下只言片语，我不禁有些难过。

“那你能不能考虑开始一段新的感情呢？”

“呃，”我明白李子的意思，但我不想与他有这种对话，于是连忙岔开话题说，“好啦，时间不早了，睡觉啰。”

李子当然听出我有意逃避，所以并没有再追问下去。我缩回被里，只听到李子幽幽地叹了一口气，我假装没有听见。

30. 男人的责任

早晨起来，李子要去公司讲课，我有两天时间空余，于是向刘总打听吉首附近有什么特色景点，刘总极力推荐我去矮寨和德夯玩耍。李子问我有没有驾照，如果有，他把车钥匙给我，这样我就可以开车自驾游。但我没有驾照，只能望钥匙兴叹了。

刘总告诉我，矮寨就在吉首市西边大约20公里处，他让李子安心讲课，他可以开车送我去矮寨。

在路上，刘总将李子一顿夸赞，他还问我李子的母亲现在身体如何。我想起在我家时，李子曾说过他母亲的事情，于是说还好。

刘总听了后啧啧道："真亏了李子这个孝子，否则他母亲早就去世了。"刘总告诉我，以前上大学时，李子是班上成绩最好的一个，毕业时被一家外资企业看中，本可以去北京发展；但就在那时，他母亲突然病倒了，李子为了照顾母亲回到离家最近的眉山发展。

"他在眉山也发展得挺好的。"我想起他做那家公司的主管做得风生水起。

"哟，一个四线城市，怎么能和一线城市相提并论。"刘总有些激动，嗓门也不自觉地大起来，"你知不知道，如果李子一开始就在北京发展的话，现在已经出国了。哪还用窝在这种小地方。"

我虽然知道李子是一个优秀的人，但从来没想到他为了亲人而放弃这么多。还记得在婺源的时候，他说："豆子，我真羡慕你能选择这种行走的生活方式。但我们男人，比你们女人的顾虑会更多一些。因为家庭和社会所赋予我们的责任会更重一些。”那时候以为他这些话都只是随口一说，却没有想到，原来这都是他的亲身经历和感受。

“你是先去矮寨镇还是先看矮寨大桥?”刘总的话打断我的思绪。

湘西的古镇，我只知道凤凰，因此对刘总的问话一片茫然。刘总对我解释说，矮寨有三绝：矮寨石屋、盘山公路和矮寨大桥。其中矮寨大桥是世界上跨度最大的悬索桥，举世闻名。我听后便首选矮寨大桥。

汽车在险峻巍峨的群山中穿行，很快，一座大桥出现在前方的视线里，这便是矮寨大桥了。到了桥前，我让刘总将我放下来，自己尽管回去。

谁知刘总却摇摇头，他说：“前几天大桥刚进行了整顿，为了安全问题，不允许在大桥上停车与步行。所以我还是把你送过去吧。”

刘总告诉我，这座桥横跨矮寨大峡谷，是渝湘高速公路大动脉中的一段，因此在公路史上具有很高的地位。这座桥为钢桁加劲梁单跨悬索桥，悬索桥的主跨为1176米，是世界上跨峡谷跨径第三、亚洲第一的钢桁梁悬索桥。

汽车行驶到悬索桥上，我探头俯视桥下方，只见下方村寨中的房屋宛如一座座小积木房子，整齐和谐地存在于山水间。刘总告诉我那就是矮寨，他说矮寨悬索桥距离地面大约330米。我听了暗暗咂舌，要知道美国旧金山的金门大桥桥面到水面的距离才220米左右，这座大桥竟然比金门大桥高出110米，怪不得它被称之为世界第一桥，无论是从跨度长短，还是距离地平线高低，都当之无愧。

看我对窗外的景色赞叹不已，刘总道：“要是下雾就好了。如果是大雾天，从桥面看下去，矮寨在雾中若隐若现，仿佛是仙境一般让人沉醉！”

“啊，那……那是公路？”我抬头看到山壁上绕来绕去的白色“缎子”，惊讶地问。

“不是吧，你怎么连湘西矮寨天险盘山路都不知道啊。”刘总夸张地嚷，“这可是闻名于世的矮寨盘山路啊。”

我忽然觉得自己是这样孤陋寡闻，不过好在有刘总这样的“湘西通”在身边，因此可以懂得很多知识。

刘总告诉我：“矮寨坐落在群山之间，周围全是悬崖峭壁，当地百姓为了出山，在绝壁上开凿出一条石阶，这石阶宛如悬梯一般垂直在悬崖上，行人稍不留神就有可能坠落崖底，出行很是艰难。后来抗日战争打响，为了能使西南交通顺畅，必须把粤汉、湘桂铁路连接起来，因此规划出了湘川公路。而这条公路必须从矮寨穿过。建筑者们历经艰难险阻，耗时一年半时间修成这条公路，其中矮寨路段的公路更是因奇、险闻名于世。”

刘总说着话，将汽车驶向盘山公路，准备送我下去到矮寨镇。就在这时，他的手机响了起来。接完电话，刘总很遗憾地告诉我，公司有急事等他回去处理。我对山坡下面的苗寨充满了兴趣，于是让他把我在路边放下。

“也好，等我办完事回来接你。”刘总将我放在盘山公路顶部的路口，自己急匆匆地回公司去了。

31. 一个人的村寨

我拎着相机，站在山顶，遥望矮寨大桥的全貌，庞大的桥身悬挂在两旁如黄桶般粗大的钢筋索上，大桥两端的巨大白塔支架高耸入云，气势雄伟高大，很是让人震撼。

我举起相机不停地拍着，恨不得把眼前的美景全部定格下来。拍完大桥再回身想要拍身后的景色。这时，一个女孩出现在我的镜头里。只见她站在公路上方不远处的一块空地上，正出神地看着我手里的相机，脸上露出羡慕的神色。

发现我在看她，女孩羞怯地跑下来，越过我转身沿着盘山公路向下跑去。我顺着她的背影看盘山公路。在阳光下，公路就像是一条洁白的玉带层层折叠在山腰之间，比起郭亮洞公路的粗犷深邃，矮寨公路显得灵动而飘逸。峡谷底的矮寨宛如一颗天然的珍珠，未经雕饰却闪耀着美丽的光芒。

一个人沿着盘山公路慢慢往下走。越往下走，对脚下的公路感受越深，我就越佩服当初这条公路的建设者们。由于这座大山坡度为70°—90°，在这样陡峭的山上修筑道路，唯一的办法便是让道路呈“S”形状。于是施工者们先在大山的斜面凿出一道道一头高、一头低的“大台阶”，然后再把上下两个台阶连接起来。

我细数了一下，虽然这座山的垂直高度只有440米左右，但蜿蜒盘旋其上的公路却有26个“台阶”，13个转弯，长约6

公里。走在这条路上，抬头看上面的车辆仿佛在头顶行驶，低下头，又仿佛自己踩在下面的车辆头顶上，很是惊心动魄。

都说上山容易下山难，下到矮寨镇上时，我已经累得双腿发软。我在镇上随意找了一家餐馆，要了一盘矮寨特产“桃花虫”，用来打发修复体力时的时光。美其名曰“桃花虫”，其实是穿寨而过的峒河里特有的一种水生物。这种生物状如小蜈蚣，每年二三月峒河水涨时在河中滋生，当地人将它们捕捞起来，晒干，炒香或油炸，是佐酒的极品。

不知不觉走到镇子外面的小桥上，初夏的阳光明媚灿烂，抬头仰望，可见矮寨大桥稳稳地屹立在峡谷上空。不远处的山坡上有几座高耸的石峰静静地屹立在山谷中，它们像极了被眼前这奇绝景观摄去魂魄的游客。小桥下的溪水清澈透明，有几只鸭子在河面上嬉戏玩耍。

沿着河边往前走，只见一个女孩正蹲在河边的石板上玩。她左手拿着一个塑料瓶，右手拿着一个特制的网兜。她把网兜伸进水里。一会儿拿出来，然后低下头在网里捡了东西扔进塑料瓶里。我走近一看，原来她是在捕捞水里的小鱼儿。

我饶有兴趣地把这个画面摄进相机里。相机的咔嚓声传进女孩耳朵里，她抬起头来。这才发现她竟然就是刚才在山顶被我吓跑了的那个女孩。

这一次女孩没有再逃走，她看着我手里的相机若有所思，好一会儿，她突然问：“您这个可以洗出相片来吗？”

“当然啦。”

“那您能不能帮我再照一张？”

我没想到她会主动提出拍照，连忙答应说："行。"

我的肯定答复让女孩开心地笑了。她捋了捋头发，然后又有些手忙脚乱地抻了抻衣襟，这才腼腆地出现在我的镜头里。在我拍照那一刻，她说："阿姨，求您帮我照得好看些，我要把这张照片寄给爸爸看。"

"寄给你爸爸？"我奇怪地问她爸爸在哪里。

女孩告诉我，她爸妈都出去打工了，只留她一个人在家里生活。她妈妈每年春节会回来几天，但爸爸有三年没有回来了。女孩说，她刚才看到我的相机就心动了，她太想要拍张照片给爸爸寄去，让爸爸看看他的女儿已经长这么大了，所以才鼓足勇气问我能不能给她拍照。

女孩的话让我吃惊，尤其是她那句"一个人在家里生活"给我的震撼丝毫不亚于矮寨大桥和盘山公路。她才十五岁，一个稚嫩的肩膀怎样去扛起一个人的家？虽然有父母，但却过着孤儿般的生活，一个幼小的心灵是怎样去面对那份孤独和寂寞的？

我告诉她："现在通信这么方便，想爸妈了可以给他们打电话的。"

"我爸有电话的。"女孩提到爸爸，眼里闪耀着光芒，"我记得他的电话号码呢。不过我们这儿打电话太不方便了，而且还要花钱。我爸妈挣钱很辛苦的，不能乱花。"

女孩的懂事让人心疼，我拿出手机给她打。女孩惊喜地接过手机，但当她拨通她父亲的电话时，手机里却提示对方已关机。女孩不甘心地连续拨了三遍，却始终没有听到父亲的声音。最后，女孩怏怏地把手机还给我。

我问她："你怎么没有去上学?"

"有读书的啊。我妈说因为户口问题，所以我只能在家里念书。没有去读书是因为今天周末啊。"女孩叹了一口气，说，"其实我最怕周末放假了，一个人在家里，屋子里静悄悄的，没有一点声音，四面空空的，都是墙壁。尤其是停电的夜里，家里只有我一个人，到处黑漆漆的，最吓人了。"女孩还告诉我，有时候她真不想上学了，去父母所在的城市里打工去，那样就可以一家人团圆，再也不会一个人想父母想到哭了。

女孩的话让我心酸得几乎掉下泪来。由于从小被父母排斥，所以我能体会她那种孤寂，但这么小要一个人面对黑夜的恐惧，却是我无法想象的。

在网上经常看到有关于留守儿童的话题，但从来没有接触过。今天，就这样很突兀地与一个留守女孩相遇，我才真正理解留守儿童的痛苦。父母对于她来说，只是一个符号，父母的关爱对她来说可望却不可即。如果想要得到父母的关怀和爱，就必须舍弃学业，但不读书会是好的选择吗?如果不读书，将来只会还是走父母那样的路罢了。

离开矮寨后，我常常想起这个女孩，不知道她是否已经适应了黑夜的恐惧?还是已经放弃学业和父母在一起?但愿她能生活得快乐。

第十二章　凤凰凤凰

32. 这么美丽的地方是用来发呆的

晚上，我突然接到小七的电话，他告诉我，他主编的杂志一期只收一篇游记，不过他已经把我的另外几篇文章转给另一家杂志社的编辑，那位编辑看完后当即过审，不过需要几张照片，小七把那位编辑的联系方式告诉了我，并让我尽快和他联系，叮嘱我：想要做撰稿人，就一定要记得联系啊。

我对小七再三道谢，如果没有他的帮助，我的文章怎么可能这么顺利地被编辑采用？如果一个人想要转型，除了要有这方面的才华和兴趣，一个指路人也是很重要的，而小七就算得上是我转型路上的指路人了。

李子得知这件事情，很是为我高兴。他说："豆子，自从你辞职后，我一直在担心你将来不旅游后，该怎么办呢？现在可好，我的担心都是多余的。祝贺你！能够这样随心所欲地生活和工作，真好。”

李子最后一句话有几分羡慕，也有几分惆怅，这让我想起了刘总说他照顾母亲而放弃好工作的事情，于是由衷敬佩地对他说：“李子，你为了承担责任和担当而放弃优越的工作，这是很了不起的一件事情。我的随心所欲也是有几分逃避和不负责任的。”想到我一直都没有敢向父母坦白自己辞职去旅游的事情，我的声音不禁弱了下去。

“你不要自责，你这不是一直在努力嘛。”李子安慰我，“你现在告诉你父母，也只能徒增他们的烦恼，等你转型成功以后再告诉他们也来得及的。”

“嗯。”我重重地点了点头。如果说廉让我感受到恋爱的快乐，那么李子给我的感觉便像是一个哥哥，安心、温暖。我暗暗庆幸自己在廉离开后选择了出来行走，如果窝在家里，我每天除了工作便是颓废，根本不可能认识到李子与小七这样热情和优秀的人，我的生活也不会这般充实和温暖。

在李子给公司讲完课的第二天，我们踏上了去凤凰的路。

李子的驾驶技术极为精湛，但从吉首到凤凰的公路在崇山峻岭中弯弯绕绕，看着李子全神贯注地开车，我不禁有些心疼他，早知道就坐车来了，这样也可以把他解放出来。

李子笑着说：“没事，我好歹也是有六七年驾龄的老司机，安全包在我身上，你只管安心地欣赏沿途风景就是了。”李子的话就如他的人一般，让人很踏实。

汽车在蜿蜒的山路上左拐右拐地前进着，我贪婪地看着窗外的景色，也终于懂了“山路十八弯、水路九连环”究竟是一种什么样的景致。

而我的心里还有一种淡淡的欣喜。凤凰，这座有着漂亮吊脚楼、沧桑街巷、迷离夜色和悠闲时光的古镇，这座有着许多纯朴而美丽的翠翠的古镇，这座有着神秘气息、让廉恋恋不舍的古镇，我终于来到你身边了。

本来我是要在网上提前预订客房的，但却被刘总拦住了。他递给李子一把钥匙说：“给，这是我在凤凰的一套房子的钥匙，我与豆子是第一次见面，也没什么礼物可送给你，这就当是我送给你们的礼物好了。要知道在那儿有自己的房子的话，玩起来才会畅快。对了，这房我一直闲置着，你们想住多久就住多久。”

还没有踏进古镇，我便已经被一种清新的美所震慑，只见古朴的凤凰纯真遗世地独立在天地间，清浅的沱江水穿城而过，缓缓流淌着；一座座红墙黑瓦的吊脚楼沿江而立，江上更有一只只载着游客的竹排与篷船悠悠划动着，偶尔相遇在一起，便会听到一串串快乐的笑声划破古镇的沉寂，在江面上荡漾开来。

都说凤凰古镇被开发过度，现在已经严重商业化，但我想可能是与观赏的角度与心态有关系吧。如果只是带着一颗宁静的心去行走，那些商业化的外在的东西便不会扰了心。

我们刚进城，便有几位大娘围上来招呼我们去她们的客栈。我想，她们的热情便是商业化的产物。不过，她们又是那么纯朴，当得知我们住在朋友的民房时，她们热情地帮我指路。在她们热心的指引下，我们这两个外地人终于在交错纵横的大街小巷中找出刘总那栋“古镇别墅”。

说是别墅，其实也只是坐落在一条小巷子中间的一栋民房而已。李子告诉我，这是刘总的一位亲戚的祖产，因为这个老人无儿无女，老年后刘总便把他接到自己身边侍奉，老人去世前便把这套房子送给刘总，说这样他想要回凤凰游玩便可以有自己的地盘。只可惜商人重利，哪舍得把大把的时间花在玩耍上，所以这套房子刘总竟是不曾住过。而现在，我和李子倒成了暂时的主人。

我们是那样迫不及待地与古镇相约，因此将行李整理妥当便出了门。沿着幽深狭长的小巷前行，与挑担走街的小商贩擦肩而过；巷子两边的银匠铺、蜡染坊、工艺店林立，而店员和游人轻声问答；在角落里，还有身着苗服、缠着头帕的老太在低头娴熟地做手工刺绣，湿润的空气中弥漫着舒缓、闲适的气息。游走其间，一颗浮躁的心也变得宁静下来。

站在古城楼上，俯瞰古城全景。只见沱江穿城而过，撑船的艄公紧握着竹篙，悠然行驶着乌篷船穿梭在江面上。而河埠头上那一个个身着苗服、清新自然的苗家女子正在洗衣，引得艄公不停张望。这画面让我情不自禁地想起沈从文老先生那本《边城》里面描绘的场景来。

当初，正是以这些艄公和苗族阿妹为原型，才会有名扬天下的天宝和翠翠吧。两岸是临水而建的吊脚楼，在明媚的阳光下，那一座座吊脚楼散发着清亮的色泽，倒影在清澈的江水中，光与影对应，相得益彰，活脱脱一幅水墨画，吸引着人走进去，魂不守舍，流连忘返。廉曾经说过，凤凰是一位让人惊艳的美人，这个比喻真是贴切。

我们穿过几条商业街，来到位于古城南面的沈从文故居。这是一座古色古香的四合院。被誉为“中国第一流的现代文学作家，仅次于鲁迅”的沈从文先生，就在这儿度过了他充满传奇色彩的童年。踏进院落，迎面可见沈老先生的汉白玉雕像，他面容安然，正慈祥地注视着每一位来瞻仰他的游客。

曾两度被提名为诺贝尔文学奖候选人的沈先生，为人朴厚，治学严谨。当初，正是他著作的一部《边城》，让世人熟悉了这座神秘的古城。老先生如果有知，也一定含笑九泉了。而此时，他微微含笑的嘴角，像是想要对人再诉说些什么呢！

除了沈从文，这座古城里还曾经居住过另外几位风云人物。曾经被誉为“湖南神童”的熊希龄，就居住在一条幽深古朴的石板巷深处。他从秀才、举人、进士一路高中，在四十三岁时，他登上了民国第一任内阁国务总理的宝座。政治生涯结束后，他又转于慈善行业，振兴教育，是一位爱国恤民的人士。而这位赫赫有名的人物，他的故居却极其简朴，一如他的为人纯粹、干净。

古城里还有富丽堂皇的崇德堂，讲究风水的杨家祠堂，黄永玉的夺翠楼，以及画坛领袖陈师曾、著名诗人陈隆恪、一代史学宗师陈寅恪、中国植物园之父陈封怀居住的陈氏大屋。每一栋故居都有一段历史。

但我对于这些建筑和景点却都不上心，所以从沈从文故居和熊希龄故居出来以后，我便再没有走进别的故居。我想，凤凰就是用来发呆的，街上闲逛或是江边漫步，每一个地方都足以让人忘记现实生活，让人有一种不知今夕是何夕的错觉，生命在这里褪去喧嚣和浮躁，只呈现一种状态：那就是安详和美好。

33. 小凤凰的负担和自尊

在古镇行走一圈下来，人已经筋疲力尽。我和李子约好，我小憩一下，等睡醒了我们就去泡吧看夜景。

虽然是别人的房子，但因为没有房东，所以有一种在自己家的自在，很是让人放松。一觉醒来，才发现已经天明，李子已经在厨房里忙碌起来了。

我有些不好意思地向他道歉。“没事，咱们慢慢玩儿。这座古镇是需要时间细品的。”李子把买来的早点放在饭厅的餐桌上，然后很自然地伸手过来揉了揉我的头发，眼底是满满的宠溺。

那一刻我竟然再次想起了廉。廉每次做好饭，就会伸手揉揉我的头发才开饭。现在，我的身边有李子的陪伴，廉，你呢？你现在一切可好？可有人享受你的疼爱？

“豆子，怎么了？”

李子的话打断了我的沉思，我连忙冲他笑笑，暗中努力将那张熟悉的脸庞忘掉。

“豆子，要是喜欢这里，那你就住下来吧。反正房主也不会来，就像是自己家一样随意。”李子这话正合我意，于是我重重地点了点头。

“既然打算住下来，那咱们一会儿出去购买一些日用品来。”李子在屋里转了一圈，说。

走出门口，恰好碰到邻居家的一位老太太。这位老太太大约六十开外，是刘总亲戚的老邻居，得知我们是刘总的朋友，她对刘总赞不绝口。

李子听见自己的朋友被夸赞，脸上满溢着骄傲，听着他与老太太拉家常，我忽然意识到一个人有一个正直的朋友圈是一件多么愉快的事情。

听说我们要去采购一些日用品，老太太说：“你们要买东西就跟我去新城区吧，我也正好要去新城区购物。”就这样，我们跟随着邻居老太向新城区走去。

老太太是一位热心人，为了帮我们买到需要的物品，她竟带着我们去了三家超市。等我们的东西都买齐了，老太太这才购买自己的东西，然后便带着我们回家。不过她并没有走早晨来的那条路，而是选择了另一条路，很快，我便明白了她走这条路的意图。

当我们来到一个小巷的时候，只见有一个小菜摊摆在巷口，菜摊上是垒得高高的碧绿青菜，像是一堵绿色的墙。但菜摊前却没有人，不知摊主去了哪里。

我正想着，只见老太太走到菜摊前，冲“绿墙”后面喊：“凤凰，我要买两棵菜心。”我探过头去，这才发现一个女孩蹲在菜摊后面择菜，只是因为她的个子太瘦小了，才会被高高的菜挡起来。

“阿婆早!”女孩抬头看见老太太，笑了。因为她的名字与古镇名称相同，于是我忍不住仔细打量起她来。只见她一双大眼睛弯成一道月牙儿，长长的睫毛也忽闪忽闪的，很是可爱。

她站起身，麻利地给老太太称好两棵菜心。老太太掏出一把零钱塞给女孩，说：“不用找零了。”然后她回头看着我们两个，“你们不也是要吃菜的嘛，就在凤凰这儿买吧，她家的蔬菜可新鲜了，还干净，而且分量也足。”

老太太的热情推销让我几乎要怀疑她是这个菜摊主家的亲戚。不过她也没有撒谎，这家的蔬菜的确很鲜亮。而且认识李子这么久，一直都是在饭店里吃饭，我想要亲自做一桌菜表示对他的谢意，于是买了好几样菜，一共花了四十二元。

看我掏出一张五十元的钞票递给那女孩，老太太很是高兴，她说：“凤凰啊，你要好好照看摊儿，下次有人买菜的话，我再领着来照顾你的生意啊。”

果然是一个托儿，老太太的一番话抹杀了刚才她留给我的好印象。一想到她之所以这么热情的目的，我就有些鄙视她。所以在老太太拜托我们以后买菜都去那个女孩家时，我没有答话。

老太太看了我们两个一眼，说：“凤凰不容易啊，小小年纪便要帮她妈妈盯菜摊儿，像她这么大年纪的孩子，还都在学校里上课呢。”

老太太的话让我心里一动，我忍不住回头看向不远处的菜摊儿，只见那个女孩正在猫腰整理菜堆，她把我们刚才买走的那些菜补上货源，然后择叶洒水。她的动作很是利索，仿佛是一个资深菜贩。等整理完菜摊后，她直起腰，抬头盯着头顶上的天空发呆。

李子问：“她父母呢？看她大概才十三四岁的年纪，不是有九年义务教育的吗？她家大人怎么不让她去读书？”

“唉，别提了，”老太太叹了一口气，“她家是外地人，多年前来到这里卖菜，一家三口租房住，卖菜为生，虽然不富裕倒也其乐融融。我们常常在傍晚看到凤凰的爸爸带她去老城区玩儿。凤凰的学习也特别好，每年都能拿到很多奖状，就连老师都说凤凰是大学苗子。她爸妈也说一定要供她上大学，他们为此舍不得吃喝，存了许多钱。”

“那现在怎么让她去卖菜？”我不解地问。

“因为她爸爸生病了。”

“啊？”“什么？”我和李子都大吃一惊。

“是这样，前年夏天，凤凰的爸爸感觉有些头痛，他以为是伤风感冒，所以只擦了一点风油精，谁知到了傍晚，他突然倒在地上不省人事，后来诊断为中风。凤凰的爸爸在重症监护室住了十多天，把所有的存款都花了进去，还借了很多钱。家里的顶梁柱倒了，但一家人的生活还要继续，菜摊儿不能丢，所以凤凰妈妈在医院照顾病人时，凤凰就帮她妈妈送菜。每天凌晨，凤凰都要去菜市场批发蔬菜，趁天不亮就要给附近的包子铺送去，然后回到家顾不上吃饭就赶紧背起书包去上学，上完课回家还要做饭给爸妈送去。那段日子，凤凰过得可苦了。”

“但即使是这样，她的学业也没有坚持多久。她爸爸因为没钱所以只能出院，这场病让她爸爸丧失了生活自理能力，吃喝拉撒都需要人照顾。凤凰妈妈既要照顾病人，还要照顾菜摊儿，根本就忙不过来，加之家里没有钱供凤凰上学，凤凰只好退学帮她妈妈照顾菜摊儿。你们不知道这母女两个有多么辛苦呢，每天早晨六点不到，她们就要起床到附近的蔬菜批发商那儿把菜搬运回家，有时候一趟搬不完就要搬两趟，然后凤凰就开始出摊儿，她妈则回去照顾她爸爸。”

“阿婆，您怎么了解得这么详细？”李子问出了我心里的话。

“哦，凤凰家的房东是我的一个老姐妹，她很清楚凤凰家的情况。因为凤凰家的情况特殊，在人家都加房租的情况下，我那老姐妹还给她家减租了呢。”老太太说，“我们都很同情这家人，都想要帮助她家，但凤凰和她妈妈自尊心都很强，根本不接受我们的捐赠，我们大家只好去她家买菜，用这种形式来帮助她家。”

老太太的话让我脸红了，我为自己刚才的猜测而羞愧。我自诩上过学，见过世面，却不知道，在这个过程中，我变得老成世故，自以为人与人之间只是利益关系，所以对人戒备重重，竟然忘记了人与人相处还有一种关系叫单纯和善良。而在这座古镇上，我重新拾回了这一切。

34. 在涅槃中毁灭，然后浴火重生

李子把菜拎进厨房，便要卷袖做饭，我连忙把他推出去，

我要亲自做一顿美食以表达对他的谢意。

李子听了我的话，忍不住笑了。他说：“豆子，咱们认识这么久，我可从来没有看你做过饭，而且你以前一直在上学，哪会什么厨艺？不要为难了自己，还是让我来吧。我在家常给母亲做饭，有这方面的经验。”

“哟，你这也太小看人了。”我一边择着菜，一边与李子斗嘴。其实我以前真不会做饭，还是与廉在一起生活后，廉每天做饭，我看得多了，便记下来许多菜肴的做法。现在也只是依照葫芦画瓢罢了。我知道味道绝对没有廉做出来的好，但我想也应该差不到哪儿去。

想到廉，我心里有些小小的忧伤。我和廉相爱了半年，但一直都是他做饭给我吃，他清洗厨房，我只管吃饭就是了。爱应该是相互的啊，可我却是那么心安理得地享受着他的照顾，并认为这一切都是那么理所当然。在这段感情里，我从来没有付出过什么，廉的离开也算是命运对我的惩罚吧。如果，我想如果时间能够重来，我愿意去为这段感情改变自己，做一个接受爱、也有能力爱别人的人。廉，你能听到我的心声吗？

经过一番与油盐酱醋的对决，我终于做好了一桌子菜。当我与李子面对面坐下来时，李子的眼里竟然有些潮湿，他嗓音有些低沉：“豆子，谢谢你。”

“说什么呢，其实是我应该谢谢你才是。”我有些感慨，“你是最清楚，廉的突然离开对我的打击有多大，他把我所有的自信全都摧毁了。如果不是你，我也不能这么快走出悲伤。”

“豆子，”李子伸出手来握住我的手，“既然一切都已经过去了，那么开始新的生活。你需要人照顾，让我来照顾你吧。”

“李子，就冲你这句话，我也要与你干一杯。”我趁着倒酒的机会，将手从李子手掌里抽出来。李子的手掌很温暖，我不是不留恋，但我知道自己的心，那里面依然住着廉，我不能把李子当成我修复感情伤口的药，那样对李子不公平。“李子，你知道吗？和你在一起的时光安宁而美好，每次和你在一起，我都会很心安。这是我的人生中从来没有过的体验，所以要谢谢你。”

“豆子……”

“李子，我需要时间。”我说，“你知道吗？我刚才做饭时突然想明白一个问题，其实是因为我一直不懂得去爱人，也就是说，我根本没有爱的能力，所以才会造成现在这种局面。我现在需要时间去学会爱。只有这样，我才能保证再投入下一段感情时不会犯同样的错误。李子，你明白吗？”

“嗯，我懂。”李子端起酒杯，“豆子，我会一直这样陪着你去学习爱的能力。”

夜幕降临了，我和李子走出家门，沿着沱江漫步。两岸的灯火逐渐点燃，从酒吧偶尔传来的音乐声在夜空下荡漾，音乐激情高昂，让人振奋。而在这份充满节奏的激情中，沱江水却充耳不闻，只是静静地流淌着，古老的水车在江边缓缓地转动着，江面上那一盏盏满载着祝福和希望的河灯则默默地流向远方。

酒吧音乐的激情和节奏与沱江水、老水车和河灯的安静本是两种截然不同的状态，但却是那样和谐地交融在一起。我忽然开悟，这不正是凤凰古镇的状态嘛！许多人都在嚷嚷着古镇被开发过度，使古镇丢失了本属于它们的安静和纯美，但却不知道，古镇依然是那个古镇，它的本真依然是那个安静和纯美，它们没有丢失，一直在那里，迷失的是人的心而已。

酒吧是开发带给凤凰古镇影响最深远的一个产物。走在街上，看着沿街林立的酒吧，不禁有一种走进北京后海的错觉。只是，后海的风没有这么清新纯朴，后海也没有这种神秘的韵味，这种韵味只能古镇独有。

“豆子，我想要唱首歌给你听。”李子显然喝得有些醉意，他牵着我的手走进一家酒吧。酒吧里此时已经有几十人，他们正在跳舞，对我们的进来视而不见。李子给我在台下找了一张桌子坐下来，然后走到台上拿起话筒说：“我要唱的这首歌，献给台下我的朋友，虽然我们才认识123天，但我想要你明白，我的心是真的！”音乐声响起，他随着音乐唱了起来：“Woh-Woh-Yeah-Yeah! I love you more than I can say, I'll love you twice as much tomorrow, I love you more than I can say……”

我没想到李子会唱这首歌，心中蓦然生出几分异样的情愫。李子的嗓音极富磁性，带有几分沧桑感，唱这首歌曲是那样的打动人心，我竟是听得痴了，直到听到周围的掌声才回过神来。

我看向李子，却对上他一直盯着我的目光。我不仅有几分心跳，连忙转过脸，却看到所有网吧里的人都在齐刷刷地盯着我看，我的脸腾地红了，幸亏酒吧里灯光迷离，所以才不会太尴尬。

李子在凤凰古镇住了三天，便必须要回去了。他临走时叮嘱我，只管踏实地在这儿住着，什么时候住腻了，再把钥匙送回给他朋友就好。我也叮嘱他在路上一定要多加小心，注意安全。

李子笑着说：“你就别担心我了，我会照顾好自己，倒是你一定要照顾好自己，毕竟你是一个女子在外面，所以晚上不要太晚。”李子突然顿了一下，然后叹口气说，“唉，豆子，真想要你跟我一起走。”

李子走后，我一个人便在古镇住了下来。每一条大街小巷我都走遍，也写下许多游逛在古镇上的人们。通过小七，我又认识了好几位编辑，而我的文章也都分别被录用。虽然还没有收到稿费，但小七说得好，已经在路上了，你现在该做的便是继续享受生活，然后把它们变成文字。

自从李子走后，我便恢复了自己简单就好的饮食形式，都是出去买着吃。但在那天看到邻居老太太拎着一捆青菜时，我再次想到那个与这座古镇有着同一个名字的女孩——凤凰。我决定去看看她。

当我出现在菜摊前时，她正好忙完一份生意，客人提着蔬菜走远了，凤凰像上次那样整理完菜摊，便抬起头来望着天空发呆。好一会儿她才收回看向天空的目光，然后看着我，怔了几秒钟后，她突然冲我笑了笑，这一笑拉近了我们之间的距离。

后来我每天都会来菜摊儿看凤凰，一来二去便熟悉了起来。她告诉我，那天看到我笑，是因为虽然只见过一次面，但她已经认出了我。她还告诉我，她的记忆力是班上最好的，无论是多么复杂的课文，只要她读上两遍准能记住，说完她瞄了旁边的凳子一眼。

我顺着她的视线看过去，这才发现凳子上放着一本书。我不禁脱口而出道："那你想不想上学？"我问完后才发觉自己这个问题对于凤凰来说有多么残忍。因为一直不停说话的凤凰突然沉默了，好一会儿，她才说："我们老师说，我不读书太可惜了。"我听了这话，心里真的好难过。

后来有一天我去找凤凰，却得知凤凰也要离开这座古镇了。因为她爸爸的病总是不好，她母亲也不想耽误女儿的学习，所以决定一家人搬回老家，那样负担就比较轻一些。

我很为凤凰的将来担忧。谁知凤凰却说："不要担心我，如果没有钱上学的话，我再大一些就可以去上班，什么工作都可以做。到那时我就可以像我堂姐那样上电大，将来我还想要出国呢。"

听着凤凰对自己未来的规划，我不禁红了眼睛。这是一个多么坚强的女孩啊！但愿她的人生能够与她的名字一样，在涅槃中毁灭，然后浴火重生！

第十三章　阳朔三姐

35. 小弟正长大

凤凰走后，我就很少去新城区了。老城区实在是一个发呆的好地方，我每天就是在大街小巷闲逛，时间便在不知不觉中溜走了。因为住所不用花钱，我也买食材自己做饭吃，因此在凤凰古镇住了很久，但我却并没有花几个钱。如果不是后来刘总突然来找我，我想，我一定会继续在凤凰住下去的。

在这期间，我接到了小弟的电话。那天我正坐在古镇里的一个桥洞下听歌，其中一个穿着白衬衣、手里拿着歌词本的少年唱着陈百强的老歌《念亲恩》，当他唱道“亲恩应该报，应该惜取孝道”时，我的眼眶有些微微泛酸，我仰起脸闭上眼，有人说，闭上眼，眼泪就不会掉下来了，但我的脑子里却全是以前父母嫌弃我的那些片段，一股悲伤自心底翻腾起来，将我整个人湮没……

正难过时，手机铃声响起来了。我看清是小弟的电话，连忙接通。小弟告诉我，他想姐姐了，想要来看我。

我纳闷地问他，难道不需要上课的吗？

小弟在电话那端发牢骚说，就是因为上课感觉好没意思，所以才想要出来玩玩，但他不敢让父母知道他逃学，所以便想到石市来玩几天。

小弟的话让我蓦然想起辞职的事情还一直没有和家人说起过，他以为我还在上班呢。我连忙告诉他我不在石市，而且他又怎么能逃学？

谁知小弟听了我的话，很是沮丧地说："我也不想逃课啊。但我在学校里又能做什么？在高中时，我对大学充满了无数的憧憬和向往，那可是我心目中的象牙塔，拿到录取通知书的时候，我兴奋得睡不着觉。但后来来到这里，我突然发现这里与我想象中的大学生活完全不一样。校区不大，设施不完善，我对学校充满了失望。那时候你劝我，我们无法去改变环境，那么就改变我们自己去适应环境。我听了你的话。但这年下来，我却发现自己很迷茫，我一直在一个十字路口徘徊，找不到方向，也不知道自己到底追求的是什么。"

小弟一直在父母的娇惯中长大，平日里除了吃喝玩乐，很少听他说起过关于人生和梦想的话，而现在突然说出这样一番话来，我竟然有些怔住了，然后又替他高兴，这也代表着他正在长大和成熟起来。我想起上一次母亲的话，于是问他："你怎么会找不到方向？你不是打算将来要出国的嘛。"

"是啊。我也是想要学好知识将来才能出国啊，所以我在努力学习，有不懂的问题就去问老师。可是，这儿的老师根本就与中学的完全不一样。他们从来不明确给你答案，要你自己去猜……”

小弟的怨念把我逗笑了，我纠正他说：“那不是猜，是思考。在中学时代，我们大多习惯于问老师该怎么做；但在大学，老师不会给你明确的答案，需要你自己去思考，去选择。要知道学会如何去思考也是大学里的一门课程啊。”

“唔……嗯……你说得对，是思考。”虽然是手机对话，但我可以想象电话那端的小弟一定已经红了脸。不过，他并没有就此打住。他说，“但是，姐啊，大学生活太散漫了，松松垮垮的，根本提不起精神嘛。我的好多同学都出去玩过呢，所以我才想去你那儿……”

一听小弟这样说话我就来气，中学时，他也是这样子对待学习，所以才只考取了一所三流大学。本以为他进了大学会好好利用时间来充电，完善自己，谁知道他依然老样子。

不等他把话说完，我便打断了他：“小弟，大一虽然学习任务轻松，学习环境也宽松；但你需要自己自律啊，因为你需要学好基础课程，这关系你将来几年的学习。如果现在把时间浪费掉，那么将来工作的时候，你会发现自己一无所长，便只能被淘汰。”

听出我的话有些生气，小弟连忙说：“好了，好了，我不逃课总行吧。”

“嗯，这才对嘛。别辜负了爸妈和姐对你的期望，姐相信你会做得很好。”小孩子打一巴掌给个甜枣一准哄好，我这个小弟亦是如此，身为他的姐兼半个保姆，我是最了解他的了。

果然，小弟开心地大笑起来，过了一会儿，他说："姐，实话告诉你吧，我本来这次去你那儿还有一个任务的。"

"啥任务？"我有些好奇地问。

"就是看看你男朋友的事情呗。"小弟说，"姐，咱妈让我了解你男朋友的一切信息，然后告诉他们。"

"这有什么可了解的，就是一普通人呗。"我有些心虚。毕竟我和廉已经分手好几个月，现在看来是毫无和好的可能了，而这一切我都还没有告诉他们。

"普通人啊……"小弟怔了下，突然笑着说，"姐，咱妈说有一个名叫李子的帅哥很喜欢姐姐，而且咱妈很喜欢这个李子。咱妈要我去你那儿看看，最好是能把你男朋友的一切信息都告诉她。这样她好做比较，然后帮你出主意啊。"

"你告诉咱妈不要为我费心，我自己有分寸。"我一口回绝了小弟。我和廉现在已经分手了，即使没有分手，我想我也不会让他们来干涉我的生活。

"嘿嘿，"小弟在那边阴险地笑，"姐啊，咱妈那脾气你又不是不知道，这话我可不敢说，我看还是你自己和她说吧。对了，咱妈在电话里还埋怨呢，说你不打电话回家，好像已经把那个家忘掉了似的。"

小弟的话让我的心猛地痛了一下。一直以来，我故意忽略父母的存在，以为那样就可以忘记他们给我带来的伤害；但听到母亲的抱怨，我依然会难过和自责。我想，无论如何血液里的亲情总是无法改变的。

其实想想有什么理由去责备他们呢？他们把我带到这个人世间来，已经是一件很感恩的事情，无论他们怎么重男轻女，怎么嫌弃我，但他们却一直在尽父母的义务啊。他们让我上了学，有让自己过自由生活的能力，比起金花、凤凰她们来说，我应该算是很幸运的了。

挂断了小弟的手机，我拨通了家里的电话，这也是我这次从家里出来后第一次给父母打电话。接电话的是父亲，听见我的声音，他愣了一下，然后连声说自己和母亲都好，让我不要挂念。

父亲的话让我眼角湿润，其实我只是说了“是我”两个字而已，根本就没有来得及问好。父亲还絮叨着可惜母亲上班去了，否则就能听到我的电话。在父亲满含遗憾的话语中，我听到自己心中响起冰裂的声音，某个一直被冰冻的角落正在坍塌瓦解，挂上父亲的电话，我已经泪流满面。

36. 玩着做事

我决定回家一趟，把自己辞职的事情和与廉分手的事情向父母坦白，然后再回来继续待在古镇里。但我还没有成行，刘总突然出现在我面前。他打开一本杂志，指着其中一篇文章对我说：“豆子，这是你写的文章吗？”

我接过来一看，竟是小七主编的杂志，其中有一篇我在杨家溪漂游的文章。我忽然想起我留的地址是石市那套出租房的地址，想必样刊已经邮到那里去了，难怪杂志已经发行了，而我还没有收到样刊。

“豆子，想不到你还有这么好的文采。怪不得我们李子会这么喜欢你，大才女啊!”

“哎哟，刘总快别这么说，只是一篇小文章而已。”我说，“刘总，我正想去找你呢。这可好，你就突然来了。”

“有什么事情吗？对了，在这儿住的还习惯吧？”

“嗯，是太习惯了，都舍不得走了。”不是奉承，这确实是我的心里话。

“舍不得走就住下来好了，”刘总说着忽然笑了，“如果你真能住下来，那李子岂不是就会经常来这儿了？也许他就会答应过来在我的公司干呢。”

刘总的话让我一阵汗颜，敢情他还把我当成李子的女朋友呢。不过为了李子的面子，我也不好解释什么，反正与他也无太深的交集，随他去好了。

见我沉默，刘总一拍巴掌说：“看我这人，总是打岔。你说，有什么事情？”

“我是想把钥匙给你送去的。”

“咦？刚才不是还说舍不得走吗，怎么突然又想起给我钥匙了？”

“是这样，我想回家去一趟。”

“回家有事？”

我觉得自己的事情也没必要和他细说，便摇头说：“没什么事。”

“没事的话能不能先不回去？”刘总说，“我这次来可是有事情拜托你的。”刘总的话让我很好奇，我想不出他能有什么事情想要我帮忙。

“是这样，我公司将在几个古镇举办主题文化营销活动，文化嘛，当然就需要有人跟随活动写文章。但业内的人文章都是千篇一律，毫无新意。恰好看到你刊登在杂志上的这篇文章，文章清新、灵动，还充满人文关怀气息，倒是很符合我的思路。而且也知道你喜欢行走古镇，所以想要请你参加我的这次活动。”顿了一下，刘总说，“噢，对了，除了吃住都包之外，我还会付你酬劳。我已经想好了两种方式：一是按日付酬，一是按文计价。随你挑选哪一种都行。”

我忍不住笑了，商人就是商人，把什么细节都想得仔仔细细。我说：“你和李子是朋友，所以付酬就免了，我就当是帮你忙好了。对了，会是哪个古镇？”

听到我答应了，刘总很是开心，他说：“咱们的第一站是桂林的阳朔。”

我于是按下打算回家坦白的心情，收拾行装跟随刘总到了他的公司。为了先熟悉一下当地的氛围，我和公司的一位助理小夏第二天便赶去了阳朔。

对于阳朔这个地方，我不是太了解，但我知道桂林。小夏显然是一个“阳朔通”，他给我介绍说：“位于漓江西岸的阳朔县是桂林山水中最美丽的风景，故有‘桂林山水甲天下，阳朔堪称甲桂林’一说。”

当我们拉着行李箱走出桂林机场时，天空灰蒙蒙的，这给我本有些兴奋的心情添加一丝惆怅。在我的想象中，桂林应该是湛蓝的天空、洁白的云朵、苍翠的群山倒映在如镜般清澈平滑的漓江水里的代名词。不过小夏可没有时间来听我的郁闷，他径直打了一辆出租车，并告诉司机，我们要去磨盘码头。

在车上，小夏告诉我，要写有地理特色的主题文章，当然少不了当地的自然和人文元素，而桂林和阳朔的特色景观之一便是水——漓江水。于是我们选择从水路去往阳朔。听了小夏的话，我暗暗笑了，嘿嘿，其实这次就是刘总花钱请我旅游嘛！

磨盘码头在桂林市东南面约30公里处，是游漓江的上游码头。从这里乘船沿着漓江顺水而下，便是阳朔。不身临其境，你便永远也不会懂得漓江的美，因为任何文字都难以描绘出它的灵秀和奇妙来。我们搭乘上游船时，本来灰蒙蒙的天空忽然放了晴，露出湛蓝的颜色，我的惆怅也一扫而光。

站在船上欣赏眼前的美景，可见清澈见底的漓江宛如一条罗带，蜿蜒盘旋在苍翠秀美的群山中。都说百里漓江百里画廊，只见那一座座山峰平地拔起，千姿百态，倒映在水里，游船好似游走在青山顶上一般，很是奇妙。而每一座山都有一个形象而传奇的故事，有仙人推磨，有绣山彩壁，有九马画山，有七姐下凡，遨游其间，仿佛进入了梦境仙宫一般，让人心旷神怡。

船老大是一个大约五十岁的当地男子，从他滔滔不绝的言辞中可以看出，他对自己家乡的山山水水了如指掌。他告诉我们，大约在三亿多年前，桂林原是一片汪洋大海。由于地壳运动，海沉积的石灰岩上升为陆地，后经风化和溶蚀，形成了神姿仙态的峰林、幽深瑰丽的溶洞和神秘莫测的地下河。

在他满溢骄傲的话语中，我向远处看去，只见一座座村落掩映在碧绿的翠竹林里，偶有农夫在田间劳作，远处的河滩上有三三两两的游人，这些美丽迷人的田园风光和景象万千的漓江风景融合在一起，形成了独具一格的山水画卷。

美好的时光总是转瞬即逝，我沉醉在美丽的漓江山水中，当身边的游客骚动时，我才惊觉不知不觉四个小时的游程已经结束，我们已经到了目的地阳朔。

由于此次出行本就是以旅游为目的，所以等小夏在西街安排好酒店，我们便放下行李箱出外寻找特色景点去了。

有着“小桂林”之称的阳朔风景点很多，其中，最数遇龙河具有古色古香的神秘色彩。因为这里除了造型典雅的仙桂桥、遇龙桥等古石板桥群，在婀娜的田园风光中，还坐落着归义古城遗址、汉墓群等唐汉遗址。因此遇龙河又被称之为阳朔的历史文化长廊。

遇龙河水清澈见底，静悄悄地流淌着，只有那终年不断的吱吱呀呀的水车声，仿佛在向人讲述着归义古城的传奇故事。

游遇龙河有两种办法：一是沿着河岸徒步游行，行走在阡陌纵横的田园里，空气中弥漫着稻香果香，让人心旷神怡，犹如置身于世外桃源一般；另一种办法便是漂游，为了引水灌田，遇龙河途中筑有拦河坝，所以是不能通航的，也正是因为如此，在遇龙河上漂游才会更加深刻地体味到那种静谧而悠然的感觉。

杨家溪和王村猛洞河的漂游让我深深地爱上了这项运动，

所以我首选了遇龙河漂游。小夏说漂游的起点在富里桥，但我们并没有走到那里。因为在一个沙滩上，我们看到那儿排放着一个竹筏，沙滩上有两只水牛在悠闲地吃着草，竹筏上还有几只忙着捕鱼的鸬鹚。而竹筏上的主人也让我们很惊奇，在我的印象中，一般操纵竹筏的都是男子，可是这个竹筏上的主人却是一个姑娘，而且她并没有管鸬鹚，却捧着一本书在专心地看。

这幅场景深深地打动了我，我走近竹筏，想要把这难得一见的场景拍下来。谁知听到我们的声音，那姑娘抬起头来，看我们端着相机对着她，她的脸唰地红了，连连冲我们摆手，那意思摆明了不让拍照。我和小夏很遗憾，但也只得收起相机。

为了打破尴尬的局面，我指着那鸬鹚说："你看，鸬鹚都捕鱼上来了，你只顾看书，也不担心它们把鱼吃掉？"

"嘻嘻，随它们吃好了。"姑娘清脆的笑声很是好听，她说，"反正我今天就是带它们出来玩儿的，没想着要捕鱼回去。"

"玩儿？"我和小夏有些惊奇，又有些羡慕，能在这样优美的风景中，一本书、一排竹筏、几只鸟儿相伴，真是神仙过的日子啊！

"是啊。我爸爸今天有事不能去漂游了，我就把竹筏摇到这儿来，让它们自由自在地玩儿，而且我在这儿看书也不会受到打扰。"

37. 遇龙河上的上进心

我们这才注意到这个竹筏与江面上那些漂游着的竹筏一样，编有一把大椅子，正好可以乘坐两个游客。原来这个竹筏是专门用来漂游用的。“看样子你也就只是十七八岁的样子，竟然会划竹筏？”我问她。

“嗯，会啊。”姑娘极自信地说，“别看我才十九岁，但我可是从小就在竹筏上长大的。咦，你们是要来漂游的吗？不如就坐我的竹筏吧，我这儿还有安全衣呢。”说着，姑娘从椅子下掏出一个塑料包，里面装着两件救生衣。

看着小姑娘热切的眼神，我和小夏对望了一眼，便同时伸手接过救生衣。等我们坐好，姑娘已经把鸬鹚也归拢好了，随着姑娘荡起竹竿，竹筏便飘摇起来，顺水向前驶去。

遇龙河水势缓慢，清澈透亮。因为天气转晴，所以可以清晰地看见那绿绿的水草和在水里闲游的鱼儿。湛蓝的天空和洁白的云朵倒映在水里，让我们竟有一种在天上游玩的错觉。我忍不住赞叹：“这才是我梦中的桂林山水啊！”

姑娘听了扑哧一声笑了起来。她告诉我们，即使是她这个土生土长的本地人，都常常被这景色所沉醉，更何况是我们这些外乡人。姑娘不但是一个划筏高手，更是一个好导游。她能绘声绘色地说出每一个经过的景点：栖凤山、天作寨……

到了前面一座桥，她突然加重了语气说：“前面便是负有盛名的遇龙桥了，这条河便是因为眼前这座遇龙桥而得名。”听了姑娘的话，我不由得仔细打量起面前那座桥来。只见这座桥为虹式单拱石桥，整齐的条石错缝起拱，无浆干砌，远远看去，整座桥气势雄伟，古朴美观，颇具民族特色。姑娘还告诉我们，桥长36米，宽4.2米，高9米。能把一座桥的数据记得这么详细，小夏对她的讲解是称赞不已。

走近了，只见桥上站着几个外国人正在争论着什么，姑娘停下竹筏，我们一打听，竟是这几个外国友人想要在此跳水以作留念。望着兴致勃勃的他们，我们不禁哑然失笑，看来这么美丽的景致早已迷住了他们的魂。

过了遇龙桥，竹筏继续向前滑去。观望两岸，只见两岸绿草如茵，农家的房舍掩映在郁郁葱葱的翠竹下，远处千姿百态的山峰清秀迤逦，连绵起伏，仿佛是一幅绝妙的水墨画，让人心荡神驰。

无论是遇龙河的水，还是遇龙河的山，还有遇龙河的田园风光，处处都透着诗情画意。漂游在这样奇美的河面上，我只想让竹筏慢一点，再慢一点，好让我在这幅画里待得再久一点！

姑娘仿佛懂得我的心思，当竹筏驶入一段平缓的水域时，她竟然放下竹竿，任竹筏缓缓漂行，而她却再次捧起书看了起来。我好奇地问她看的什么书，一直自信满满的姑娘露出一丝羞涩的笑容，她说：“喏，是这个。”姑娘把书递过来，只见蓝色的书面上赫然印着《旅游文化学》几个字。

“你看这个？”小夏不解地问，“你在上大学？咦，不对，这不是自考教材吗？”

“嗯。”姑娘点头，“是自考教材啊。我没上大学，所以才自己学这个。”

“自学？你年龄也不大，为什么不去读书？”

“哎，其实说这个是很难为情的啦。”姑娘有些愧色，“其实当初我的成绩在班上是挺好的，到了高一那年，迷上了上网。你们也知道，小女孩们上网无非就是看言情小说、聊QQ之类的，然后看别人有男朋友挺好玩儿的，也就跟她们学。后来被老师知道了，他们让我叫家长，我害怕我爸知道我的事情，便死活不愿意去学校了。父母无奈只好给我办了退学。但现在我的那些同学都在上大学，只剩下我一个人在村里。我忽然发现自己当初错得有多离谱。想要回去读书也张不开那口，而且学校也不一定会要我呢。后来我的一个同学告诉我，我可以在家自学的，而且自考的文凭含金量也挺高的，她帮我报了名，还说要我与她四年后一起拿到文凭。这不马上要参加考试了嘛，我希望能过，我如果不努力，将来就没脸见同学了。”

姑娘简短的一番话里，是她充满波澜起伏的青春人生，直把我和小夏听得摇头、叹气，然后是为她高兴。

我们还沉浸在姑娘的故事里，却听见她放下书，拿起竹竿，一边撑水，一边放声唱起歌来：“哎！多谢了，多谢四方众乡亲，我今没有好茶饭，只有山歌敬亲人……”竟是刘三姐的歌曲，姑娘的嗓音悠扬婉转，引得不远处的一个竹筏上的人也唱起了歌来。

能有这样意外的享受，我和小夏都面露喜色。

你想吧：在猩猩山、水狮岩、骆驼峰的怀抱中，河水明净如镜，缓缓流淌，而岸边的村舍阡陌充满了绝美的田园风光，在这样绝美的风景中，还有此起彼伏的歌声在水面上就像水纹一样一圈圈地荡漾开去，那种感觉很是美妙！

姑娘唱完一曲，指着前面岸边一棵繁茂的大榕树对我们说："这个地方你们是一定要去的。如果说遇龙河人文景观最浓郁，那么，大榕树景观则是阳朔最具有自然情怀的景点。"

姑娘将竹筏划到靠岸处，我们登上岸，只见那棵已有1400年树龄的大榕树长得枝繁叶茂，苍翠迷人。行走在其间，就像是行走在一幅自然天成的中国山水画里，让人流连忘返。姑娘告诉我们，大榕树下便是影片《刘三姐》中歌仙刘三姐与情郎阿牛哥定亲的地方。

在榕树下站了一会儿，姑娘得知我们决定自己一会儿走陆路回去，小夏把提前订好的价格一百块钱递给她，她开心地收起来，然后向我们辞行。看她走远去，我总觉得就这样与这个姑娘分别真是有些舍不得，忽然想起还一直不知道她的姓名来着，于是冲着她的背影喊："喂，你叫什么名字？"

那姑娘回头看向我们，然后很调皮地一笑，脆生生地回答："我在家排行老三，都叫我三姐。"说完，也不等我们说话，便跳上竹筏撑水走了。我和小夏相视一笑，其实我们都知道，那个姑娘的名字只是一个假名字而已，一定是取之于刘三姐，但我们却并不生她的气。

傍晚时分，我们终于走回阳朔县城。小夏说，游阳朔，一定要游西街。于是当天色暗下来，我们便出现在街头。西街是一条长约800米的大理市街道，居住着许多来此游玩便舍不得走的异国人，他们在此停留下来，开店，生活，因此这里充满了异国风情。我们走走停停，直到夜深了才回到酒店。

清晨醒来，迷迷糊糊中，我脑子里出现的竟然是那个在竹筏上看书的“三姐”，她那悠扬动听的歌声和自信的笑容一直在脑海中萦绕不绝。俗话说，金无足赤，人无完人。每个人都会犯错，关键是犯了错误能够很快醒悟过来，并及时寻找改正错误的办法。而这个“三姐”姑娘显然做到了这一点，她的人生也不会再在懊悔中度过了。我相信，她一定会有一个丰盈的人生的！

第十四章　旋螺李庄

38. 玄萝还是旋螺?

第二天，小夏没有陪我闲逛，而是开始着手安排公司的主题文化营销活动，因此只剩下我一个人出行。我租了一辆单车，行驶在阳朔的山水间和各个村落。来阳朔游玩的不仅有国内的游客，也有来自世界各地的游人，有时候同行一段路程，便可以相互聊起来，而这些便是我写作的素材。

当我把所写的文章传给小七看时，他连连叫好。他说这些富有异域人情味的文章也是各家报纸杂志比较喜欢的，所以不愁不能发表，因此我每天晚上都会静下几个小时来写作。

几天后，刘总亲自来到活动现场，由于小夏的安排和宣传到位，因此活动举办很成功，我的文章自然也让他很满意。于是刘总决定聘请我做他公司接下来的几场古镇主题文化营销活动主笔。有得玩还有人出车票安排行程，我没有理由拒绝。

当我问起下一站去哪里时，刘总告诉我："接下来要去的地方是宜宾。"

"啊？四川？"

"嗯。"刘总点头笑，"怎么样，你很快就可以与李子见面了。开心吧？"

"嗯……哦、哦，是。"我刚开始想要反驳他，不过想想，能够看到李子还真是一件开心的事情，因此也就改口顺和他的意思。

接下来，自然又是我和小夏打先锋。刘总不只是在商业上心思敏锐，而且特别有人情味，在小夏购买机票前，他问我需不需要回家一趟，如果需要的话，就让小夏买去往成都的机票，如果不需要，就买到宜宾的。

我摇了摇头，其实上次是因为父亲的真情流露所打动，所以才打算回家去坦白的，现在时过境迁，那股冲动早已不复存在，这些年的隔膜依然压在心头。算了，随缘吧，等下次机会来了再说。

很快我们便到了宜宾市区，由于这次时间紧，小夏要忙于安排工作，我便决定独自去逛逛。在大街上，那些市民们即使是清晨走在上班的路上，他们依然迈着悠闲的步伐，仿佛不是去上班倒像是去逛街一般。看着眼前这种场景，我仿佛回到了家乡成都，不为名利所累，安然地过着每一分钟，我的乡亲们该是最懂得享受生活的了。

从一家发艺沙龙路过时，我停住了脚步。当初廉说喜欢我长长的直发，所以我便一直留长头发。现在想想，其实我是愿意为他做改变的呀，可是当初我却一直没有发现这一点，一直固执地要坚守自我。

其实，廉也没有发现这一点吧，否则他怎么会以为我独立到不需要他？而今斯人已去，一头青丝为谁留？我叹了一口气，走进了美发店。一名美发师迎上来，问我要做什么样的发型。

“随便，只要能改变形象就成。”

美发师说那就剪掉。但我还真舍不得那一头乌黑柔顺的头发。

美发师笑着说，不剪也行，烫吧，这样既能保留长发，也能起到改变形象的效果。我欣然接受了美发师的建议。

“那OK了。来，您先去洗头。”美发师一捻响指，回脸冲楼上喊，“玄萝，给这位美女洗头。”玄萝？这不是一家原创服装的名字嘛。我好奇地抬起头，只见一个头扎着马尾、身材瘦小的姑娘应声从二楼楼道口探出头来，冲我粲然一笑。

洗发间有两个洗发妹，我躺在洗发床上，任那名叫玄萝的姑娘给我洗揉头发，而另一个洗发妹则站在旁边看着，两个人絮絮地说着话。

“玄萝，听说你要回家？”

“嗯。昨晚我爸打来电话，说我妈的药吃完了，我要买药给我妈送回去。”

“你真是不容易。你做的这些即使是亲闺女也做不到呢。”

咦，即使是亲闺女？那个洗发妹的话引起了我极大的好奇。我想，这个叫玄萝的女孩一定有故事，而且是一个关于孝道的故事。自从开始写文章，我发觉自己对人对事都多了一份细致的观察，小七笑说这是文人的通病，今天我的这个病又犯了。

趁两个洗发妹沉默的空隙，我插话说：“玄萝，这个名字真好听。”

谁知玄萝却摇摇头，说：“只有你说我的名字好听，他们都说我的名字怪怪的很拗口呢。”

“怎么会？玄萝，玄妙的茑萝，这名字多诗意啊。想必你爸妈一定是文化人。”

“我爸妈都是农村人，根本没有什么文化的。”玄萝笑着说。

旁边的那洗发妹也笑了，她解释说：“其实是你搞错啦。她的名字是旋螺，旋转的旋，螺蛳的螺。”

“啊？旋螺啊。”我为自己搞错女孩的名字有些不好意思，同时也觉得这个名字确实是古怪。

“是啊。”女孩点点头，“我的名字不好念，很多人常常搞错。”

“其实也蛮好的。最起码不会有人与你重名啊。这样说来也蛮别致的。”我安慰她，“不过，你爸妈怎么会给你取这样的名字？”

“这个问题我也问过我妈，她说是因为我们镇上有一座旋螺殿。我妈当初就在那儿捡到我的，我妈说我与那座殿有缘，所以就给我取名叫旋螺。”

我刚才果然没有听错，不过毕竟不是太熟，也不好再问下去。

我忽然想到那座旋螺殿，来宜宾的时候，我曾经在网上查过这儿的古镇，因此知道在宜宾东郊的19公里处有一个古镇，那儿便有一座名叫旋螺殿的建筑。“你说旋螺殿？莫非你是李庄人？”

“是啊，是啊。”旋螺惊喜地问我，“你也知道李庄？”

“当然知道。”我点头说，“而且我还要去那儿呢。”我决定来宜宾的时候，便已经决定要去那儿了。因为我知道李庄古镇虽然偏僻，但却是省级历史文化名镇，在全国也是闻名遐迩的，有着万里长江第一镇的称号。我行走古镇，怎么能错过这样一颗镶嵌在峭壁上的古镇明珠呢?!

“哦，你也要去那儿啊。”旋螺开心地说，“你是去那儿旅游吗？有导游吗？没有的话，我可以做你的导游哦，我虽然家在村子里，但对镇子却是了如指掌的。”

“好啊。不过我还要做头发……”

旋螺爽快地回答我：“没事，我等你好了。”

小姑娘说话果然算话，两个小时后我做完头发，她这才擦干手，和我一起走出美发店。

在街边，我伸手想要拦一辆出租车，谁知却被旋螺拦住了。她轻声说：“咱们还是坐公交车吧，比打的要省不少钱呢。”

旋螺的心细让我对她好感倍增。她轻车熟路地领着我到了车站，正好去往李庄的巴士马上就要起程，我们连忙买票上了车。恰如旋螺说的那样，我们一人才花了五元钱。

早在网上查找旅游攻略时，我便已经知道，李庄位于四川省宜宾市东郊19公里的长江南岸边上，是一座仅有一万多人口的小镇。但就是这座小镇，历史却可以追溯到春秋战国时期。那时候，这儿是古僰人居住的地方，有李氏族人在此以打鱼为生，因此命名为李家坝，后改为李庄。汉代朝廷在此设立了驿站，到了明清时期，又成为水运商贸之地。历朝历代政治和经济的发展也带动了李庄的人文景观发展，那一座座造型精美的古宅古庙便是最好的见证。这些景观遗迹蕴含着厚重的历史，博大精深的中国文化在这些人文景观上散发着璀璨的光芒。

说起李庄的建筑，才十多岁的旋螺如数家珍。她告诉我，古镇里有充满传统文化气息的慧光寺、玉佛寺、南华宫、东岳庙、旋螺殿、祖师殿、张家祠堂、罗家祠堂、四姓大院民居、肖家院民居等。各建筑有各自的特点，其中，最负盛名的当属张家祠堂百鹤窗、旋螺殿、魁星阁、禹王庙九龙碑。旋螺说到这四处建筑时，我会心一笑。因为我知道，著名的建筑学家梁思成当年在考察这些建筑群时，曾经赞誉它们为李庄四绝。

39. 十七岁女孩的担当与放下

旋螺说得正带劲，忽然停住了声音。我一直探头看着窗外的景色，听不见旋螺的声音，于是纳闷地回头，却看到她正猫腰捡拾什么。等她直起腰来，手里拿着两盒药。原来是给她母亲买的药刚从塑料袋里滑落下去了。

看她把药仔细地装进塑料袋，我忽然想起刚才在美发店里的对话，于是我问她："你妈生的什么病？"

"哦，我妈去年突然患了脑瘀血，虽然经过医院抢救，已经没有生命危险，但却落下了后遗症。需要常年吃药控制病情。医生说了，如果不吃药控制的话，就会复发，这种病就怕复发，所以我必须按时给我妈送药回去。"旋螺说这番话的时候，小脸上一扫刚才的欢快，多了一层忧愁。

"哦，你妈今年多大岁数了，就患上脑瘀血？我看你的年纪也不大呢。"

"我今年十七岁，我妈今年六十六了。"

"你和你妈相差这么多岁？"说完后我蓦然想起她是弃婴的事情来，连忙住了口。

"是啊。"旋螺笑了，"因为我不是我妈亲生的嘛，所以相差这么多也不足为奇啊。"说完这句话，旋螺又收起笑容，一副心事重重的样子。我不知道她是想起母亲的病痛，还是自己的身世？我很想知道旋螺的故事，但要我去问她，却实在张不开这个口。因为我想，被亲生父母抛弃一定是这个小姑娘心中最深的痛，我怎么能那么残忍地去揭她的伤疤！一时间，我们两个都沉默了。

忽然，旋螺推了推我，指着窗外说："看，那是旋螺殿。你要去看吗？如果要去看，咱们就在这儿下车，否则一会儿咱们还需要走回来。"

"这可是李庄四绝之一呢，当然要去看了。"

旋螺听了我的话，于是用当地话拜托司机师傅停车，我们在路边下了车。只见面前出现一个硕大石包，形如蜗牛，旋螺告诉我，当地人称之为石牛山。山上有一座小院，掩映在繁茂的黄桷树里，旋螺殿便坐落在这座小院里面。一条蜿蜒的石板路通向小院，小路两旁是水田，绿油油的稻谷长势正好。沿着小路走去，静谧的乡间气息颇有些恍如遗世的感觉。

大殿高25米，与不远处的李庄遥相呼应。这是一座明朝建筑，重檐垂脊、八角攒尖，最有特色的便是八面均用斗拱叠架成网目状花纹，并向右转至顶，形如旋螺，大殿也是因此得名。望着那些旋螺花纹，我不由得想起旋螺的名字，于是笑道："旋螺，你的名字便是因此而来的了。"

"嗯。"旋螺点点头，指着院外说，"十七年前，我爸和我妈从这里经过，看到路边有一个小包裹，包裹里有一个小婴儿，我妈他们结婚二十年了都没有孩子，突然拾到一个孩子，他们喜欢得不得了，都说是旋螺殿里的神灵赐给他们的，因此给我取名叫旋螺。"

"哦，原来是这样。"我纳闷地问，"旋螺，你是怎么知道自己是捡来的这件事情？"按理说一般父母都会避讳把真相告诉孩子。

"我妈告诉我的啊。去年我妈病倒后，她说她和我爸年纪都大了，总有一天会离开我，到那时只剩下我孤零零一个人，所以她希望我能找到自己的亲生父母。"本来很平静的旋螺说到这里，突然有些激动起来，"其实，他们生下来就把我扔掉，我怎么可能再去找他们。在我心里，我的养父养母才是我最亲的人，这些年是他们疼我照顾我，我才能有今天的。”

我伸手揽着旋螺的肩膀，希望借此能够给她一些安慰。我一直以为父母嫌弃我就已经够让我痛苦的了，但比起旋螺来，我的痛苦又算得了什么？

走出旋螺殿，旋螺站在离门口不远处的路边告诉我，这便是她的养父母当年捡她的地方。看旋螺已经平静下来，于是我小心翼翼地问：“旋螺，你恨他们吗？”

“恨过。不过都过去了，现在已经不恨了。”旋螺一边往前走，一边说，“我想他们一定有不得已的苦衷，否则谁舍得扔弃自己的骨肉。虽然我不知道他们的苦衷是什么，但我能理解他们，所以我现在不恨他们。我现在只希望我爸妈能够健康平安地生活，别的对我来说都不重要。”

这话从一个十七岁的小女孩嘴里说出来，我被深深震撼了。即使是成年人，也未必能够这么洒脱和宽容地放下这样的怨恨，而她还只是一个处于青春期的少女。我想，我也应该学习一下旋螺的大度和宽容才是。

我们走回公路边，这里离古镇还有5里路，恰好有一辆客车在此下客，于是我们趁机上了车。

到了古镇，我告诉旋螺，她送药回家，我自己可以一个人转悠的。但旋螺却摇了摇头，她告诉我，她父亲在镇子上的一家店铺里做短工，她只要把药先给父亲，就可以带我参观古镇了。看她很认真的样子，我也只好随她去。不过我暗暗决定也不让她白耽误时间，等分别的时候，我付给她一些钱，就当是这一天的劳动所得好了。

很快，旋螺便回来了。她带我沿着青石板小路走在古镇里，沿街大大小小的四合院相连成片，清一色的青砖灰瓦显得古朴厚重。穿过这些建筑，旋螺指着位于镇西的一所建筑说：“喏，这就是著名的张家祠堂。清道光十九年，张氏族人为了表达爱敬祖先之心，便集资购建了这座大宅作为族里的宗祠所用。走，咱们进去看看，这里可有著名的百鹤窗呢。”说完，旋螺率先走了进去。

我跟随她踏进祠堂，这是一座全木结构四合院建筑，占地约4000平方米。祠堂上方为正祠，里面摆放着张氏列祖列宗的牌位，以供张氏子孙祭拜。下面是厅房，比起庄严肃穆的正祠，厅房的窗门更具特色。祠堂里的厅房有五十扇上等楠木制作的窗叶，每扇窗户上都是雕刻镂空祥云花饰。在镂空祥云中间，两只仙鹤或低头寻食、或展翅欲飞，栩栩如生。仔细数数，厅房共有五十扇窗门，共一百只仙鹤，这些仙鹤形态各异，雕工精美绝伦，因此被称之为百鹤窗。

“我告诉你，张家祠堂的百鹤窗最精美绝伦，但最具恢宏气势的却是禹王庙。”从张家祠堂走出来后，旋螺对我说，“走，我带你去禹王庙。”

此时已是中午时分，我拉住旋螺说：“咱们先吃饭吧，都说李庄白肉好吃得很，我请客。”

“哎，还是不要吃那个了，那个可贵了。”旋螺说完，好像觉得自己说错了话，又急忙改口道，“你是第一次来这儿，你吃吧，我不饿。”

这个小女孩的自尊心让我心疼：“怎么会不饿，走，咱们一起去吃饭。”我拉起她的胳膊，向街边的一家饭店走去。

李庄白肉就是一种切得极薄的五花肉片，蘸着调好的料汁吃，极为清香爽口。这家饭店的白肉三十块钱一盘，大约十片左右，但我对肉食不是特别喜好，因此只是尝了尝，便全部推到旋螺面前。

小姑娘除了矜持，也有几分拘谨，我便哄她说：“旋螺，你要替我吃掉它们啊，否则咱们付了钱就全都白白浪费了。那咱们可都成罪人了哇。”我夸张的语气逗得旋螺笑了起来。

我们吃完饭出了饭店，才刚走出几步，就听身后有个人喊旋螺的名字。我和旋螺回过头，只见两个与旋螺差不多大小的女孩从后面追了上来。旋螺看到她们，兴奋得张开了双臂，三个女孩紧紧地拥抱在一起。

“旋螺，你在市里还好吗？”“你怎么回来了？已经挣够学费了吗？”

那两个女孩叽叽喳喳地说了一通，旋螺只是咧着嘴笑。等她们都安静下来，她这才回答她们的问题。

其中一个女孩突然大声说：“什么？你还要回去？你的钱都给你妈买药了。那你的学习怎么办？你不想读书了吗？”

“想，我当然想，我做梦都想。但我妈需要花钱买药，总是去借钱也不是办法。”

“你啊。”其中一个女孩叹了一口气，嘟囔道，“去年你妈病了，你请假服侍你妈，已经错过了中考。现在你又请假去打工挣钱给你妈买药，你还想不想参加考试了？你那么喜欢学习，就这样放弃了你将来会后悔的。”

旋螺收起笑容，尚有些稚气的脸上摆出严肃的神态：“这也是没有办法的事情。我总不能不管家的。你们也知道，家在我心中是最重要的，其他的都要排在家的后面。”

40. 生命那么短，不应该拿来恨

那两个女孩叹息了一阵，然后和旋螺告别上学去了。旋螺一直看着她们走出很远，在街角处拐了弯儿没了人影，这才回过头来，她的眼里有说不出的惆怅，旋螺领着我向禹王庙走去，她的话明显少了，只是心事重重地默默走着。而她的沉默让我的心也跟着忧伤起来。

一直快走到禹王庙，旋螺的情绪才好起来。她又变成那个爱说爱笑的姑娘。她告诉我说，禹王庙是李庄现存最大的清代建筑，是清朝道光时期的李庄人根据大禹治水的故事修建而成。由于几千年来水灾一直泛滥，人们为了祈祷大禹能保佑一方安宁，便在各地修建禹王庙，如成都禹王庙、南充禹王庙、禹州禹王庙、怀远禹王宫等，但最有气势的还是要数李庄禹王庙。

我为旋螺如此了解禹王庙而惊讶，更为她扫除负面情绪而高兴。我在旋螺的指点下仔细打量禹王庙，只见禹王庙坐南朝北，由一主一次两个四合院构成。山门口掩映在几株大树中，显得古朴、幽静。走近，可看到山门正上方挂着黑边红牌匾，上面写着“慧光寺”三个金色大字，很是炫眼夺目。

“咦？不是禹王庙吗？怎么是慧光寺？”

“嘿嘿，这你就不知道了吧。”旋螺轻笑起来，“听大人们说，在抗日战争时期，寺庙中断了佛教活动，到了1992年恢复佛教活动后，便取《无量寿经》中‘慧光明净，超逾日月’之意而更名为慧光寺。”

“哦，是呢。”我恍然想起，曾经在一个帖子里看到过关于禹王庙更名的事情，不过后来就忘掉了，实在是惭愧得很。

走进庙里，旋螺指着院子里的一块石碑说：“看，这就是名扬天下的九龙石碑。”旋螺的话让我心里一动，脑子里想起建筑学家梁思成曾就此石碑说过的一句话：“如果说北京太和殿前的九龙石刻是王冠，那么李庄禹王庙的九龙石碑就是王冠上的一颗明珠。”

石碑高2.7米，宽1.3米，上面雕刻有九条遨游于云海之间的巨龙，一条大龙昂首居中，两旁分别盘旋四条，每条龙口中还含有一颗可以转动却不会脱落的宝珠。“你知道吗？此九龙有两层寓意呢：一层寓意为大禹把河之龙制服，疏天下九河通大海，天下从此没有水涝灾害，造福万民；另一意为九州一统。”旋螺俨然一名资深导游，讲解十分到位。

在禹王庙里转一圈，我发现这座庙宇不只是九龙石碑，寺庙里的戏台也是颇具历史文化价值的。当年抗战时期，同济大学便是驻扎在禹王庙中。一批批学者和学子们在寺庙中学习、生活、搞科研。岁月流转，当年的人和事已经不再，唯有见证过这一切的戏台台基上那单钩栏戏剧故事浮雕清晰可见。

从禹王庙出来后，旋螺说：“魁星阁在镇子边的峭壁上。

在那里，你可以看到长江的风光呢。”说话间，我们出了镇子向江边走去。远远地便看到一座亭阁稳稳伫立在岸边的峭壁上，这便是位于古镇边上的魁星阁。这座亭阁建于清朝光绪年间，距今已经有一百多年的历史，被梁思成赞为“长江边建造得最好的亭阁”。

坐在亭子里俯视江面，只见长江水滚滚而流，江上船只穿梭不息，听着船上的汽笛声鸣响，与水流声交融在一起，像是在脚下奏起一首首交响曲，那一刻竟有一种置身云端、傲视苍生的错觉。

旋螺说：“你知道吗？我一直最喜欢的便是这个地方。尤其是在知道我是捡来的那一段时间，我痛苦得很，却也找不到人诉说，便常常一个人来到这里静坐，看长江水流。我想，长江水能够千百年流淌，但我的生命拢共也不过百八十年。人与人分开是缘分，人与人在一起也是缘分。这么短的时间我不应该用来怨恨，而是应该用来爱我生命中该爱的人才是。所以想通了，我也就不恨了。”

旋螺的话让我连连点头，生命那么短，我们不应该拿来恨，而是应该去爱才对。亲情如此，其实，爱情又何尝不是如此。站在长江边上，我心里默默地唤着廉的名字：廉，你的突然离去让我很受伤，但可能只是我们缘尽而已，我不恨你！

第十五章　羌寨迷宫

41. 一剂良药

从魁星阁回到镇上，已经是傍晚时分，小夏打来电话问我在哪里。原来早晨出门的时候，我告诉他去街上转悠转悠，却没想到一天没有回去，他很担心我的安全。得知我在李庄古镇，他让我别动，他马上打车来接我。小夏紧张的口气让我忍不住笑，好歹我也是一个人闯荡半年江湖的人，怎么就娇弱到需要人接送的地步了。

谁知小夏却执意要来，他说那可不行，刘总可是郑重其事地把你托付给我，我的工作就是要照顾你的安全，如果你有什么闪失，我可吃罪不起。小夏比我小一岁，是一个大眼睛的男生，毕业后就一直在刘总的公司工作，他有极强的责任心和超赞的工作能力，所以才会在短短两年时间，从一名普通员工升为公司老总的助理。

旋螺陪了我一天，也该回家了。我掏出五百块钱给旋螺，算是给她的导游费。谁知小姑娘却很固执地把钱还给我，她说："我是李庄人，你远道来就是客人。主人怎么能收客人的钱呢？"

旋螺的话让我很是动容。在这个以金钱开路、利益当头的时代，谁不是以挣钱创收为目的？而且旋螺家经济已经困难到需要她辞学打工的地步，但金钱并没有腐蚀掉她的淳朴。

我转身在一家超市里买了许多补品，然后偷偷把那五百元钱塞进塑料袋里，这才递给旋螺。小姑娘推辞着不要，我说这是我诚心诚意拿你做朋友，她这才接过去，然后和我挥手告别。

晚上，我登录微博，发了一张在魁星阁遥望长江的照片，并发了一条微博："长江水千载恒流，生命如浪花般短暂，惜福，惜缘！"

一天的行走让我感觉有些疲倦，因此发完微博我便准备休息。谁知刚关了电脑，手机就响起来了，是李子的电话。他在电话里很意外地问我："豆子，你回四川了？"

"嗯，我现在在宜宾。"

"真的吗？你怎么也不提前告诉我一声？"李子欣喜不已，"我明天去找你。"

"你不工作吗？"我记得明天才星期五，"算了，等我忙完就去眉山看你好了。"

"忙？你在忙什么？"

"我在给人打工呢。"我笑着把刘总请我帮他写文章的事情告诉了李子。李子恍然大悟道："怪不得老刘那天给我打电话，说要给我一个惊喜呢。一定是说你了。你放心跟他干吧，我这个哥们儿是个有情有义的人，也绝对是一个好老板。对了，他说付你稿费是多少了吗？如果给少了，我帮你找他去。"

"嗯，他倒是说了付我稿费，不过，我想既然是你的朋友，而且当初我还在凤凰住他的房子，还欠着他的人情呢。所以稿费我不要了。"

"那可不行。写文章是脑力劳动，而且还是一项劳动强度极大的工作，怎么能不要劳动所得。"李子在手机那端笑道，"豆子啊，我告诉你，他的公司资产雄厚着呢，所以你不要为他省钱，咱不多要，不过必须要拿你自己该拿的那一部分。记住了吗？"

李子这摆明了要吃熟客的话语逗得我扑哧笑了。

"豆子，这样吧，后天是周末，到时候我去找你。"李子这次说话，我没有阻拦。

我和李子闲聊起来。当我把旋螺的事情告诉李子时，他连连叹息不已。过了一会儿忽然他说："豆子，你和廉和好了？"

"没有啊。李子，你怎么突然问这样的问题？"

"我……我……我看到你的微博里有廉的留言……"

"你说什么……廉……"我的手一颤，手机差点没从手里滑下去。我以为自己已经把他放下了，但听到有关他的消息，依然会心慌意乱。

"怎么？你不知道？他就在你刚才发的那条微博下留言的啊。"李子虽然不认识廉，但他在我的空间里看到过廉的照片，而廉的微博也是用自己的照片做的头像，所以李子才会认出是他来。

我打开电脑，登录微博，只见我刚发的微博下面，第一条便是廉的评语，只有简短的三个字："你变了！"看到这三个字的一瞬间，我的心有一丝失落，我设想过许多他和我说话的场景，设想过许多台词，但绝对不是这样简简单单的三个字。不过，很快我便释怀了，我们现在已经不再是恋人，当然无话可说。

想当初我是那样的固执，对生活态度的执拗、对父母的怨恨，以及对他的蛮横，这一切都是他每天都感受到的。而现在，我不但出去旅游，而且还说出宽容和珍惜的话来，这一定让廉跌破眼镜。我在想，廉说这三个字的时候，一定也是满怀感慨吧。

看着廉的头像，我的心也慢慢平静下来。我没有回复他的评论，也没有点开他的微博。曾经有一段时间，我是那么渴望着有他的讯息，那么渴望他能和我说话，我甚至很急迫地想要找他道歉；但现在我想，我们之间已经无所谓谁对谁错，也不需要道歉了。时间和行走，果然是治愈所有创伤的良药。

我退出微博，在一种平和与安宁的情绪中睡着了。

刘总的活动在周六开幕，早晨我和小夏刚走到酒店大厅，就看到李子的车出现在酒店门口，与他一同下车的还有刘总，原来刘总头一天就乘坐飞机到了成都，只是没有直接到宜宾，而是去眉山找李子去了。

刘总看向我，连声夸赞道："豆子小姐换了一种发型，真是惊艳啊！李子，我说怎么着来着，你的福气真不浅啊！”

我急道：“刘总，你说什么呢？”

李子走过来，很自然地伸手揉了揉我的头顶，说：“豆子，老刘没说错，你现在这样真的很漂亮。”他的眼睛里有一种光芒让我无法直视。幸亏小夏开始说工作的安排事宜转移了他们的注意力，这才解了我的围。

活动期间，李子一直陪在我身边。这给刘总增添了许多话柄，他打趣说：“李子，这次活动结束后，我给豆子小姐几天假期，你陪她回家去见家长吧。”

李子看了我一眼，见我并没有恼，这才暗暗舒了一口气，他对哥们儿说：“你的好意心领了，不过还是做好你的事情吧。”

“刘总，这次活动结束后又去哪儿？”我比较关心的是后面的行程，因此直接无视刘总打趣的话。

“这次活动结束后，会歇几天，然后去道孚。”

“道孚？道孚在哪里？”我从来没有听说过这个古怪的地名。

“豆子，道孚也在咱们四川啊。”李子笑着说，“那属于藏区，位于青藏高原东南面。老刘，你的公司业务开展到藏区去了吗？你还真是了不起。”李子最后那句话是对刘总说的。

刘总摇摇头：“还没呢，我只是想要去那儿考察一下。毕竟民族不同，习俗和宗教信仰都不一样，所以需要仔细考察才行。如果贸然行事，赔了夫人又折兵可就糟糕了。”

“藏区？那我可以去吗？”李子的话让我对那儿充满了兴

趣，廉当初的计划便是去西藏，他说那儿是行走者的圣殿。廉这句话让我对西藏充满了向往。我想，我可能一个人永远也不会去西藏，但能够进入藏区去感受一下那种氛围，也是挺好的一件事情。

“当然可以了。”刘总满口应承，他回头看向李子，“李子，你看豆子都去，你去不去？”

“我……”李子犹豫了一下，问，“你打算什么时候去？我得看咱们的时间能不能凑到一起？”

“随你的时间好了。”刘总爽快地回答。

“那好。”李子说，“我这几天有一项工作要赶，完事后，要陪一亲戚的孩子去汶川走一趟。然后咱们从那儿去道孚吧。”

42. 母亲的暴躁

活动结束后，刘总和小夏回公司去了，我则乘坐李子的车回到眉山。李子邀请我去他家做客，我知道李子母亲的身体不好，既然到了这儿，就应该去探望老人，于是买了礼物跟李子去了他家。

李子母亲是一个慈眉善目的老人，她在儿子的精心照顾下显得神采奕奕。看到我，李子母亲很高兴，她拉着我的手左看右看，看到最后开心地笑起来。

李子看他母亲笑得很意味深长，连忙把她拉到卧室里，低声嘀咕了几句。老人出来后，很是遗憾地看着我。李子母亲执意要请我吃饭，李子便去超市买来许多菜，然后系上围裙进了厨房。李子母亲则拉着我的手坐在客厅里拉家常。

她告诉我，她以前是一名教师，李子的父亲在李子小时候便去世了，是她一个人把李子拉扯大。后来李子大学毕业，并在北京找好工作，谁知她却病倒了，为了照顾她，李子毅然辞去北京的工作回到家乡来照顾她。说到最后，李子母亲很是愧疚，她说都是自己拖累了儿子的发展。

我安慰她说："阿姨，您有一个优秀的儿子，优秀的人无论在哪儿都可以施展他的才华的。你看他现在在事业上不是发展得很好吗?"

"是，你说得对，李子是一个很优秀的人，就是年纪不小了，都二十九岁了还一直单身着，这是我最大的心病。"李子母亲叹了一口气，"我一直说，让他赶紧找女朋友结婚。趁我现在还硬朗，还可以帮他看孩子。再晚几年的话，只怕我就抱不动孩子啰。"

李子在厨房里听到母亲的叹息，无奈地冲我耸耸肩。我表示很理解。催婚是每个大龄男女生活中都会演的戏码，除非你快找人结婚，否则这样的戏码便会无休止地演下去。

从李子家出来，李子问我想不想知道他和母亲在里屋说话的内容。我好奇地问他说了些什么，他说："我从来没有领过女生回家，所以母亲看到你，还以为是我的女朋友。我怕这样的误会会让你生气，所以让我妈不要乱说。"

"哦，怪不得呢。"我恍然大悟。

李子看着我的眼睛问："豆子，如果我没有拦住我妈，她真说出那样的话，你会生气吗？”

“我……我想会有些尴尬吧……”我知道李子想说什么，连忙扯开话题，“李子，我要回家了。”

“嗯，也好。毕竟你从上次出来，还一直没有回去过。”李子说，“等我安排好到了成都给你打电话。”

我的突然回家让父母很是高兴。可能是因为我心里已经想开的缘故，也可能是父母老了变性情，我们竟然相处得很和谐。不过在第三天，母亲问我工作的事情时，我们再次打破了这种和谐。

母亲问我什么时候回去上班，我想已经辞职半年了，总是要给他们一个交代的，于是我告诉母亲，我已经辞职了。

“你说什么？为什么辞职？是不是公司的人欺负你了？”

“没有。就是不想做了。”

“不想做了……好端端的你为什么不工作了？”始料不及的母亲勃然大怒，她大声嚷道，“而且已经辞职好几个月了，你这几个月都去哪里了？你这样不是变成不务正业了嘛。你是一个女孩子，不上班也不回家，你还要不要名声了？你连一份工作都不想做，这样子下去谁还敢娶你？”

我知道母亲的脾气急躁，而且对这样的结果早有思想准备，所以任母亲说什么，我都低头不语。我想，等她消了气再和她解释。谁知母亲越说越气，她吼道：“你说，是不是因为辞职，连男朋友也把你甩了，所以你才会跑回来？”

父亲显然也是没有想到我已经辞职，他愣了愣，伸手拉住母亲，低声说：“你别吵了，听她说……”

“我不吵……你不是从小管孩子的嘛，她不听话你就打她骂她，怎么今天倒装起好人来了……你倒是管管她啊。这个死丫头，从小就是这样，有什么事情都不和家长商量，上什么大学不商量，找什么工作不商量，找男朋友也不和家长商量，现在辞职了也不和家长商量。这个死丫头，可气死我了。”母亲怒气冲冲地甩开父亲的手，转身冲进卧室，砰的一声关上了房门。

父亲叹了一口气，转身走到阳台那边去了。

我看了看母亲的卧室门口，又看了看阳台那边父亲的背影，转身进了自己的房间，一直到坐在书桌前，我才发觉自己已经是泪流满面。母亲不停地喊我“死丫头”像是一把镊子，撕开我童年的疮疤，露出里面才长出来的嫩肉，哗哗流血。儿时，父亲每次和母亲吵了架，母亲便会把所有怨气发泄在我身上，她每次都会指着我的鼻子骂“你这个死丫头，都是你害的”。撕心裂肺的痛楚像潮水一波波向我袭来，我无处可逃。

就在这时，手机响了起来，是李子。他告诉我，他已经开车到了市区，正往我家来，让我收拾好行李等他。

李子的话让我猛地站起身来，母亲现在的情绪还在失控中，我无法想象她看到李子会说出什么让我难堪的话来。我不能让他来看到这个场面。想到这里，我连忙告诉李子，不要来家里了，就在下面路口等我就好，我马上就下楼去。

李子有些迟疑：“豆子，到你家门口，我怎么也该去向叔叔和阿姨问候一下吧，这是礼节问题啊。”

“呃……他们没……没在家……”我撒了一个谎。

“是这样，那好吧，我在楼下等你。”李子爽快地答应我。

我松了一口气，然后收拾好行李箱走了出去。母亲依然在卧室里生气，父亲在客厅里看电视。看我提着行李箱，他愣了一下，说：“怎么？要走吗？你已经辞职了，要去哪儿？”

“我和朋友约好，去……”我犹豫了一下，咽下“旅游”两个字，“去考察项目。”

我提着行李箱向门口走去，父亲跟过来说：“考察项目？怎么从来没有听你提起过。你不要和你妈生气，她也是担心你才那么着急。”听着父亲有些小心翼翼的解释，我暗暗感叹，时光没有改变母亲，但却把父亲完全变成了另一个人。他不再嫌弃我，也不再骂我，这可是我儿时一直盼望的场景啊，没想到会是在这样的情况下感受到，我有些暗暗心酸。

站在门口，我回转身，对父亲说：“帮我劝劝我妈，不要为我的事情着急上火，我知道自己在做什么。你们自己多保重。”

43. 失去双亲的伤痛

下了楼，李子的车也刚到小区外。李子下车帮我把行李箱放在后备厢里，然后示意我坐在副驾驶位置上，我这才发现后面的位置上除了刘总，还坐着一个身穿运动服的短发少女。

李子介绍说，这是他表妹安安。安安乖巧地和我打完招呼便不再说话，自顾自低头玩手里的ipad。刘总在忙着用电脑交代工作，我因为心情不好懒得说话，也正好落个清静。

李子驾驶着汽车向城外驶去，这时，我的手机短信来了。我打开短信，才发现是父亲发来的，只有简短几个字：“考察完项目，你就回来。你在外面照顾好自己。”我刚收起的泪水在父亲满含牵挂的嘱咐中再次无声滑落。

“豆子，你怎么了？”

“没……没什么……”不想让李子和刘总看到我悲伤的样子，于是我扭过脸看向车窗外。见此情景，李子没有再说话。

过了一会儿，就听李子对刘总说：“老刘啊，你可知道汶川那边什么地方最值得一去吗？”

“这个、这个我可还真不知道。”

“你哟，每天只知道做生意挣钱，”李子调侃好哥们儿，他说，“我告诉你吧，在汶川那边的大山里，有一座被称作‘神秘东方城堡’的地方，那儿值得一看。”

李子的话勾起了我的兴趣，我回过头来，却发现李子虽然嘴里是在与哥们儿说话，一双眼睛却看着我，那眼睛里满是担忧和不解。

我冲他笑笑，问：“你说的地方叫什么名字。”

“桃坪羌寨。”

刘总这时终于放下电脑，他说：“哟，一个少数民族村寨会有什么特色？”

“当然有。”李子说，“当年的‘5・12’大地震你们都还记得吧。当时在那条地震带上的村子遭到空前的毁坏，唯有一个村子例外，这就是桃坪羌寨。因此它被称之为‘神秘东方城堡’。当然，如果神秘是指地震不塌，显然分量不够。它的神秘还在于它的建筑特点，走在里面，就像是一座迷宫一样。豆子，你想不想去看一看？”

“当然想。”我记得俞源古镇修建得像八卦迷宫，但还没有见过少数民族的寨子也修建成迷宫样式的，自然想一睹为快，“可是，你们的时间来得及吗？别耽误了刘总的事情。”

“没事，我这是属于自主单边考察，所以不会耽误什么事情的。”刘总体贴地回了一句。

说话间，汽车已经进到汶川县城，李子把汽车停在路边，他叮嘱我和刘总在车里稍等，然后叫安安下了车。李子打开后备厢，拿出两袋东西，然后与安安一前一后向不远处的山坡上爬去。我纳闷地看向山坡上，当我看清山坡上竖立着许多墓碑时，心中一颤，我想这一定是当年汶川地震时遇难者的墓碑了。那些墓碑密密麻麻，可想当年那场灾难在一瞬间夺去了多少人的生命。我难过地回过头，却见刘总也正面色凝重地看着山坡上，想必他的震撼不比我小。

过了很久，李子和安安才回来。安安的眼睛红红的，显然刚才哭过。我在想，一定是她的亲人，不过，也不好开口问，毕竟勾起人家的伤心事是一件很不道德的事情。

我们在一家饭店吃饭时，安安精神不振，只吃了两口饭就坐到车里去了。这时候，李子才告诉我们真相。原来，安安的妈妈是李子的小姨，地震发生时，安安的爸妈都在汶川，同时丧生，只留下安安一个人在这个世上。突然的打击让原本开朗的安安一夜之间变得沉默寡言起来，今天是安安母亲的生日，所以李子特意带她过来祭拜自己的父母。

“这么多年了，小姑娘还没有从伤痛中走出来，真是可怜。”我很是心疼。

“一直在做心理疏导，但这种伤痛只怕是要伴随她一生的了。”李子说，“她今年十六岁，但愿随着年龄的长大，她会快乐起来吧。”

“咳咳……咱们要去羌寨，还是找个导游吧。”一直面对饭店门口的刘总突然岔开话题，原来是安安下了车走进饭店来。

我看到安安手里捧着手机，满眼哀伤。我想要引开她的情绪，于是对她说：“安安，你在网上查询一下有关桃坪羌寨的旅游讯息，好吗？”

“我……好吧。”安安犹豫了一下，然后答应着低头认真地查询起讯息来。过了一会儿，她举着手机对我笑了笑，说，“找到了。”我凑过去和安安一起查找起来，等我再抬起头来，却看到李子正若有所思地看着我们两个。

网上没有找到能预约的导游。这时，店里一位服务生听到我们的谈话，他告诉我们，其实他们饭店就可以帮我们联系寨子里的农家乐土人做我们的导游。我们听后很是高兴，于是请他帮我们联系了一个导游，这才结账出发。

安安走得快，提前上了汽车，李子在后面拉住我说：“豆子，你知道刚才我为什么那样看你们吗？这几年来，安安从来不让人亲近她，就连我妈都不行，没想到刚才竟然不排斥你与她靠那么近，而且她还冲你笑了，她笑了你知道吗？豆子，如果我妈知道安安也会笑了，一定会非常开心。”李子有些激动。

李子的话让我感受到一个失去双亲的孩子和她的亲人们所

承受的痛苦。我拍拍李子，安慰说："李子，我刚才也看到安安笑了，所以你不要担心，她会好起来的。"

上车的时候，我故意和刘总调换了位置。汽车向桃坪方向驶去，李子和刘总说笑着，我则凑过去看安安在玩什么，看她在玩游戏，我告诉她，我也想加入，安安安静地点点头，于是我也拿出自己的手机，和她一起玩起游戏来。大约半个小时后，我感觉一直低着头，脖子太酸了，可抬头看安安却依然低头沉溺在游戏里，我不由得叹了一口气。这样的状态，难怪李子会着急。

"安安，你看窗外景色多美，咱们拍照吧。"我取出相机递给安安。

"可是，我……我不会……"小姑娘看着我的单反犹豫着。

"没事，我教你。"我笑着把相机塞进她的手里，然后教她对着窗外的一重重大山取景、调节。小姑娘也由一路沉默到不停地问我问题。这种转变让李子开心不已。在不知不觉中，我们到达了目的地。

44. 拥有者烦恼，失去者痛苦

桃坪羌寨位于岷江上游杂谷脑河畔的阿坝州理县东面40公里处的桃坪乡，距离成都约180公里。远远望去，一座寨子依山傍水而建，寨子入口处矗立着一座高耸的石头碉堡，寨子内是一片黄褐色的民居，在明亮的阳光下显得很是古朴。其间碉堡林立，颇有一种神秘而独特的韵味。

我们刚下车，一位二十来岁的羌族姑娘迎上来，原来这便是之前饭店和寨子里一户农家乐主人联系的向导。只见她身穿蓝色的羌族服装，配上那漂亮的刺绣装饰，显得很是明艳。

我们跟随她踏进寨子。行走在其间，耳边却传来水流的声音，让我们很是奇怪。向导告诉我们，这是寨子里的地下供水系统发出的声响。原来，羌族的老祖先们在寨子里挖了许多暗渠，上面盖上石板和土，每隔一段距离便留一个活动石板。又从高山上引来泉水，流入暗渠中。族人只要揭开活动石板便可以取水饮用。而且暗渠还可以调节室温，简直就是一个现成的生态空调。

姑娘告诉我们，在古时候，暗渠还有另一个作用。古人多战事，为了防止敌人入侵伤害族人，暗渠便用来做逃生用的暗道。羌族人的智慧让我们忍不住赞叹不已。

寨子由古堡和民居混建而成的建筑群，所有的墙体由黄泥和片石砌成，经过千百年依然坚固如初。有的墙体上有缝隙，向导告诉我们，那是在1933年叠溪地震时留下的痕迹，后来经历了“5・12”地震，却依然平安无事。

“你们知道吗？桃坪羌寨始建于公元前111年，距今已有2000多年的历史。在‘5・12’地震中，我们桃坪新区的建筑全部坍塌了，老寨子里的房屋却依然完好无损呢。”向导姑娘抚着墙体，骄傲地向我们介绍着羌寨的历史和牢固。

我们都在听姑娘的介绍，安安却难过地走开去。李子想要追过去却被刘总一把拉住。刘总低声说：“我看她不排斥豆子，让豆子去安慰她吧。”我点点头，向安安走过去。

安安蹲坐在一处民居的房顶上，她把头埋在双腿间，双肩微微晃动，显然是在压抑自己的悲伤。我心疼地拍拍她的肩膀，说：“安安，哭吧，哭出来就好受了。”安安听了我的话，轻声抽泣起来。有时候，人的负面情绪就像是一个被堵的堰塞湖，越堵越糟糕，只有疏导才把危险消灭掉。

好一会儿，安安抬起头来，她茫然地看着远方，脸上是深深的哀伤和迷茫。虽然知道在失去双亲的悲痛下，任何话语都是徒劳，但我还是劝她说：“安安，人活百岁，总有一死，谁也不能永远陪着谁。你唯一能做的便是生活得开心些，这样，你爸妈在天堂也会安心一些。”

“豆子姐，这些道理我懂，但我就是难过。突然失去父母，我的整个生活也就失去了方向。我感觉自己的生活就像是这座迷宫寨子，我一个人在里面绕来绕去，却找不到出口，也找不到一线光明。我好怕。我想如果我爸妈活着，他们一定会牵着我走出迷宫。但他们再也不会出现了，我已经永远失去了他们。”

“安安，父母与子女除了爱，也会有矛盾。等你长大后，与他们意见相左时，会有争吵，甚至会产生不可调和的问题。”我想起暴躁的母亲和叹气的父亲，觉得胸口压抑到几乎窒息。

“豆子姐，你知道我有多羡慕那些有父母的人吗？即使他们的父母很严厉、很暴躁，甚至会对孩子打骂，我都觉得是一种幸福。因为他们活着，孩子便知道自己的根在，一旦他们不在了，那么孩子的根儿也就不在了。就像是一棵浮萍在世间飘来飘去，很孤独，很可怜。”

我沉默了。还记得我早晨提着行李箱走出家门时，虽然嘴里对父亲说着低头的话，但心里有强烈的怨恨，当我在怨恨父母时，却不知道自己一直埋怨的，竟是某些人一直渴盼的。而这一刻，我所有的怨恨和不满都一扫而空。

“好了，我哭过好多了。豆子姐不要为我担心。”安安见我沉默，还以为我是在为她担心，于是反过来安慰我。我压下自己的情绪，拉着她向李子他们走去。

向导姑娘显然已经明白发生了什么事情，不过她什么都没说，只是对着安安报以温和的笑，然后继续介绍说：“除了迷宫般的巷道和地下暗道，我们的碉堡也是最好的战争防御工事。”她带领我们登上寨子里的标志性建筑——一座九层高的碉楼。碉楼内每层用楼梯相连，每层碉堡的四面各有一个小小的窗口，顶层还有一个瞭望孔，这都是为了监视寨子外的敌情所建造的。人站在上面瞭望，寨子内外尽收眼底。只见寨子以古堡为中心呈放射状的8个出口，出口连着甬道织成路网，配上地下的暗道和碉楼的监视与射击孔，这样绝妙的战争防御工事让我们不由得对当初建造这座寨子的古人好奇起来。

姑娘告诉我们，原来古时候羌族和藏族比邻而居，时有战争发生，而羌族总是处于弱势。为了保护族人，寨子里的建筑便以防御为主，碉楼更是几乎家家都有。而且家家户户的墙体都是相通的，这样就能保证万一敌人入侵时，可以顺利躲避逃生。

经过刚才的交谈，安安与我的关系更近了一层，我们行走在这浸润了千百年沧桑的巷道里，她一直紧紧挽着我的胳膊，我们的目光都在搜寻着历史留下来的斑驳痕迹，并用心感受着桃坪羌寨的神秘与羌族人的智慧！

第十六章　道孚悟道

45. 安安的改变

我们从桃坪羌寨出来时，已经是傍晚时分。李子和刘总商议后决定，我们在理县住宿一晚，第二天去往道孚。对于这个充满神秘藏区风情的地方，我心里满是好奇。

山里的路崎岖狭窄，极为难走，需要司机高度集中注意力。好在李子和刘总都是老司机，而且四川和湖南也多是山路，所以驾驭这种道路是有惊无险。到达道孚县的时候，已是下午时分。天气晴好，明媚的阳光照射在县城里那些鳞次栉比的藏式民居上，散发着淡淡的光晕。初夏季节，草色苍翠，在蓝天白云下，那些棕白相间、其间配以红蓝等色的民居，仿佛是孩子们在一块绿色的垫子上搭建的积木乐园，赋予人美的启迪和无限的想象力。一直安静的安安也忍不住趴在车窗前，目不转睛地看着窗外那个奇妙的世界。

走进道孚县城，无论是外观朴素、内设却富丽堂皇的道孚民居，还是精致漂亮的绣花镶边藏袍、藏靴，处处渗透着浓郁的藏族文化，都让我们流连忘返。李子和刘总关注藏族文化，而我和安安却被藏族妇女们独特的发饰和佩戴的装饰品所震撼，她们发饰的烦琐让我们叹为观止。

这儿的妇女有扎108根小辫的习惯，这是一个人根本无法完成的一项工程，每一次都需要有四五个人帮忙才能完成。梳头前，她们会先洗净头发，然后抹上酥油和发胶，再由四五个人编上发辫。发辫也是有讲究的：一独辫者表示未婚，双辫者表示已婚；无数小辫中若有两大主辫者表示已婚，一主辫者表示未婚；有的妇女剪成光头，表示丧夫不嫁；有的在发辫中加绿色丝线或取掉有色丝线，表示家有丧事。一般梳一次头发需要花好几个小时，不过，梳好后的发型既亮又硬，可以保持好几个月呢。发饰上的装饰更为烦琐，上面有金、银、铜、贝壳、蜜蜡、珊瑚、玛瑙、绿松石等，令人眼花缭乱，美不胜收。而且藏族家庭里的财富一般都集中在妇女的服饰上，有钱人家妇女的服饰甚至价值数十万元，这令我们啧啧称奇。

刘总考察项目的事情进行得很顺利，原来他想与一家藏区文化公司合作，把自己的文化理念与藏文化交融在一起，也就是给汉藏文化起一个桥梁的作用。项目合作方的老总老郭是成都人，得知我和他是老乡，他很是开心，听说我是专门为了探秘藏区文化而来，他告诉我们，在道孚县还有一种古老的文化习俗——扎坝走婚。

“走婚”二字引起我极大的兴趣，因为廉曾经对我说起过泸沽湖边走婚的摩梭人，却想不到在偏僻的青藏高原深处，竟然也有这样一种习俗。我那老乡告诉我们如果去的话，最好不要自己开车去，因为那些路实在是太难走了，除非本地司机，否则随时有可能会掉进水流湍急的河里。最后，他拍了一下手，说："嗨，干脆明天我送你们去吧。我可是去过好几次那儿，语言方面也懂一些。"我本以为他说的语言是指藏语，第二天去了那里，我才知道根本不是一回事。

第二天，我还在睡梦中，便被一阵敲门声吵醒。李子告诉我，我那老乡开来一辆越野车在宾馆门口等候，他要亲自送我们去扎坝看看。安安也还在熟睡，我连忙叫醒她，梳洗一番后，我们上了越野车。

道孚县坐落在崇山峻岭中，因此出了县城，汽车便在崎岖坎坷的山间乡村公路上行驶。一边是随时会滑坡的山体，一边是水流湍急的鲜水河，如此难走的道路让我们都提心吊胆，稍有差池，我们就会掉进河中。安安从成都过来这一路上都在玩手机游戏，好像没有任何事情能够打扰到她，但此时她也不能淡定了。她紧紧挽住我的胳膊，有好几次，她都吓得惊声尖叫，让我的神经也跟着紧绷起来。好在我那老乡的车技极为高超，所以我们一路上都有惊无险。

沿着鲜水河向南走，随着狂奔咆哮的河水变得轻柔舒缓，我们来到一个偏僻的大峡谷里。峡谷里零星散落着具有藏族特色的石砌碉楼，这里住着几千扎坝人。因为交通落后，所以这里还保留着旧石器时代母系血缘组成的家庭，被专家们称为人类进化仅存的活标本。

从公路到那片碉楼，需要走一段高高的泥土坡路。“我认识这里的村主任，走，咱们找他去。”我那老乡说完，便把越野车停在路边。

“哎，终于安全了。”安安松开一直紧抱着我的胳膊，跳下车对着峡谷里的河水伸了一个懒腰，然后长长地舒了一口气。当她回头看我不停地揉捏被她搂得发麻的胳膊时，安安羞涩地笑了。她过来帮我揉着胳膊，嘴里说：“豆子姐，不好意思啊，我太紧张了。”

“没事啦。”我安慰地拍拍她的手背，“不只是你，我们也从来没有走过这么险的路呢。是挺吓人的。”

“就是，你说这里的人怎么生活呢？”安安抬头看向不远处的碉楼群，满怀悲悯地说，“他们进出该多不方便啊。在这里别说ipad，就连网络都没有，出行的道路还这么烂，比起他们来说，咱们拥有的真是太多了。”

“安安，不要为他们纠结。”看得出来，李子很心疼这个表妹，他安慰她道，“他们祖辈生活在这里，所以早就习惯了这种生活方式。即使你现在把你的手机给这里的孩子们，他们也不会玩儿的。”

“表哥，你的意思是说住在这里就该过这样的生活吗？”安安闪烁着一双大眼睛，与李子争辩起来，“我听姨妈说你们小时候也是没有电脑和汽车的，现在不照样什么都会。习惯是一回事，学习是另一回事。咱们和他们没有区别，只是咱们出生的地点比较优越些罢了。”

一直不爱说话的安安突然说了这么一大堆话，我们都很惊奇。李子更是欣喜地看着表妹，直把安安看得脸红起来。“哎呀，不和你说了，豆子姐，咱们快走。”说完，她快步走到前面去了。

看着她轻快的脚步，一向开朗沉稳的李子竟然眼眶潮湿了。他对我和刘总说：“你们知道吗？其实安安小时候是一个很活泼的女孩，爱说爱唱；但自从父母去世后，她就再也没有笑过，更别说这样和人辩论了。这几天她不但笑了，而且还愿意和人沟通和交流。这是我做梦都不敢想的事情。”

“李子，和你认识这么多年，什么时候看到你如此激动过，可见你表妹的改变对你有多重要，所以我们能理解你看到安安改变的心情。”刘总逗趣道，“你应该感谢豆子才是，我想如果没有豆子，只怕咱们两个大男人是不会让安安有所改变的。这下好了，回去以后心理疏导师都不用找了，我看安安的心理阴影是彻底好了。”

“是，老刘说得对，”李子对我说，“豆子，我要谢谢你……”

“别，这可不是我的功劳。”我想起自己的经历，感慨道，“其实这完全要归功于这一趟行走。行走到一个陌生的地方，看不一样的人过着不一样的生活，眼界一旦开阔起来，你就会发现自己生活里的那些过不去的坎儿其实根本算不得什么。我想，安安的改变也是因为这个原因吧。”

“嗯，你说得对。”李子看着安安的背影，有所悟道，“看来以后我应该多让她出去旅游散散心。”

“豆子姐，你们快来啊。”安安的话打断了我们的谈话。我们连忙加快脚步追上她。

46. 一场幸事

从公路到那片碉楼，需要走一段高高的泥土坡路，老郭把越野车停在路边。我们一行人爬上坡，向碉楼群走去。几个扎坝小伙子正在一座碉楼下闲聊，听我们说话，他们只是好奇地笑，然后叽里咕噜地说了几句，但我们却一个字都听不懂，这时，就听老郭翻译说，他们是欢迎我们来到这里。幸亏有老郭同行，否则我们几个会因为无法与当地人沟通而成憾事。

得知我们的来意，几个小伙子豪爽地笑了起来，其中一个年纪稍大的男子告诉我们，走婚其实很简单，就是在耍坝子跳锅庄的时候，看上哪个女孩子，想要让对方做自己的“呷依”，就去抢她的饰物，如果女子没有把东西要回去，便表示对男子有意。到了半夜时分，男子便会去那女孩家，顺着墙壁攀上碉楼，翻进女孩子闺房的窗户，把白天抢夺的饰物还给她。如果她不中意，自己只好回去。如果这个女孩子也喜欢他，于是两个人便同坠爱河里。这是一个威武剽悍的男子，有着康巴汉子的原始粗犷。但是说到这儿时，他脸上浮上一层笑意，不知是不是想起了自己走婚的呷依。

得知我们想要看爬楼走婚并拍照，小伙子们都一哄笑了起来。他们说，走婚都是天黑才爬碉楼，天亮之前就要回家去，怎么可能让我们看到？在我们的再三请求下，他们商议决定可以模拟一下那种场面给我们看，但是不能拍照。毕竟白天爬楼，传出去是会被人笑话的。

他们推着一个小伙子站到不远处的一所碉楼前，只见这座碉楼足有二十多米高，而在大约二层楼的位置有一个小窗口，目测着离地面大约四五米的样子。一个女孩子在坝子里做家务。那个小伙子和女孩叽里咕噜地说了一堆话，女孩子先是羞涩地看了我们一眼，然后转身进到碉楼里去了。

这儿的碉楼都是用石块砌成的，墙体笔直平整，根本没有着力点。但这难不住扎坝男子，只见那个小伙子伸手扣住墙体，双手左右交替攀爬，在我们担心的目光中，他只用了一分钟的时间便爬上了二楼的窗口。这时，那个女孩子出现在窗前，正笑盈盈地望着他。一时间，蓝天白云，奇山奇水，与这对眉目传情的青年藏族男女构成一幅美妙绝伦的风景画，我们也跟着沉醉在这人间仙境里，不知今夕是何夕！

在回道孚的路上，老郭告诉我们，现在有很多扎坝年轻人都是在刚谈恋爱时爬楼走婚，经过交往后双方有了感情，一旦认定对方是自己的伴侣，便会修建房屋一起过日子，只怕以后走婚的习俗会逐渐消失也未可知。

因为李子和刘总都要回去工作，所以我们在道孚待了四天，便打道回府了。不过这次的路线是老乡老郭帮我们定下来的，即走康定到成都。他告诉我们，在这条线上，我们可以去参拜被藏民们尊为神山的亚拉雪山。他说："你们知道吗？在藏传古籍《神山志易入解脱之道》中，亚拉雪山被称为'第二香巴拉'。如果站在不同的角度观赏，雪山会呈现不同的形状哦。在塔公草原观看亚拉雪山，它像是一个莲花宝座；从八美镇角度看，它则像一顶皇冠；从农戈山上看过来的话，它又像是一尊坐佛，形态十分逼真呢。”

老郭的话让我们对这座雪山充满了向往。自从我教会安安用网上搜索，她便喜欢上了这个功能，只要有她不懂或是没有听说过的词汇，她都会第一时间请教“搜索大婶”，因此在老郭说完话没有两分钟，她已经通过网上地图搜到了亚拉雪山的位置，就在道孚县东南面约100公里处。

于是我们早晨开车从道孚出发，沿着茶马古道向康定驶去。老郭正好要去康定，于是和我们一路，顺便可以带我们去参拜一下神山。有人给我们当免费向导，自是求之不得。因为是清晨，沿途草木深深，行人却并不多，行走在茶马古道上，遥想昔日古道的繁华，不禁感慨着岁月的流逝和变迁。

大约两个半小时后，一座雪山出现在视线里，老郭对我们说：“看，那就是康巴大雪山之一，有着梦幻仙境的亚拉雪山了。”我们闻言，纷纷探出头去观望这座藏民顶礼膜拜的神山。只见它雄壮而又挺拔，山顶白雪皑皑，云雾缭绕，清晨的阳光照耀在雪山上，发出一层光晕，雪山也显得更加晶莹剔透，散发出一股神秘的气息。

我们忍不住向雪山靠近。在雪山的西侧山脚下，有一道气势宏伟的瀑布。雪山上的冰川融化的雪水顺这陡峭的悬崖飞流而下，然后顺溪流入友措湖。方圆一平方公里的友措湖呈现好几种颜色，从湖心到湖边依次为深蓝色、蓝、湖绿、浅绿、浅黄，很是奇特。我站在湖边静静地打量着这湖泊，湖面宁静，景物倒影十分迷人；偶尔有风拂过，湖面涌起一层层涟漪，阳光照射在湖面上，恍若洒下满湖碎银，让人迷离。

我站在雪山脚下，仰望着神秘而又圣洁的雪山，尘世间所有的烦扰和纷乱都变得不再重要，我的心也变得空灵起来。

但我想，这次道孚之游收获最多的不是我，而是安安。因为夜里住宿康定时，我们两个聊了很久。她说父母，说这几年自己的彷徨，还有自闭起来的痛苦。说到每天夜里做梦都会梦到父母时，她甚至失声痛哭。她说，现在她发现，其实，世界很大，父母如果活着的话，一定会希望她去看这个很大的世界，所以即使父母不在了，她也要好好活着，这样的话，父母才能在天堂安心。

听着安安的讲述，我再一次对李子的话有所感悟。其实，一场天灾所赋予的何止是死者的噩梦，更是死者亲人的噩梦，而死者亲人的痛苦又是所有亲属的痛苦。逝者已矣，但活者的灵魂要怎样才能得到安宁，这真是一个难题。幸运的是，安安的灵魂在这次行走中得到解脱，获得安宁，这也是一场幸事了。

47. 一顿责骂

回到成都后，我决定请客，感谢他们给我这样一次美妙的旅行。刘总和李子欣然答应，不过刘总说，我请客可以，必须他来付账。李子也说不能吃我这样一个无职业人士，因此对刘总的表态大为赞同。

安安也在旁边笑道：“豆子姐，让男士付款是给予他们的荣耀，你就给他们这次机会吧。”

“对啊，安安说的没错，豆子小姐，请求你给我这次机会吧。”刘总装出一副诚心诚意的样子打趣，逗得安安大笑。

我如果还要执意坚持的话，反而会破坏这种快乐的气氛，何况一顿饭也花不了多少钱，于是我挥挥手说：“好吧，既然安安都这么说，那么我就给你这次机会好啦。”

说话间，我的手机短信响起来，我打开来看，是银行的账目提示，上面显示刘总的公司给我的银行账号上面打了8000元钱，我惊诧地问刘总，是不是他们账务划错钱了？我可只给他们写了两篇文章啊！

“我也不清楚。”刘总说，“我当初问你选择哪一种方式付稿费，但你说不要。我想按天计酬只怕你也不会开价，于是就告诉财务，按照国内期刊稿费最高价做账。”

“是这样。”我想了想，那两篇文章不到一万字，按照千字千元的算，难怪会收到这么多钱了，不过我那文章都是水到渠成信手拈来的，哪里值得了那些钱。

“豆子，你可别这样说。你也知道我这是文化主题营销，活动只是前期的开头，后面的一切都要倚仗文章宣传，所以你的文章价值远远高于这些稿费。”

“就是，”李子说，“豆子，你不要妄自菲薄。那次你不是还说文章写出来就有编辑收稿嘛，这说明你完全可以胜任这个职业的，坚持做下去吧。”

用餐结束后，刘总要去机场赶飞机。送走刘总后，李子提出想要去我家看望我的父母，却被我拒绝了。李子若有所思地看着我，我有些心虚地低下头，其实我并不是要排斥李子，而是走了这几天，我不知道母亲现在是什么态度，万一一进家就被骂，那种场面还是不要被人看到为好。

安安看看我又看看李子，忽然她拽住我的衣袖撒娇道：“豆子姐，我想去你家玩儿。”

李子和我都愣了一下，李子看了我一眼，对安安说：“安安，咱们别为难你豆子姐，下次吧，下次咱们去豆子姐家拜访。”

“不嘛，我难得来成都市一趟，想去豆子姐家。下次我自己再来成都就认得姐姐家了不是？”

“呃……好……好吧。”这一路上，安安和我已经好到无话不说的地步，她已经把我看成了她的一个最亲密的人，这种信任让我无法拒绝她。此时是下午两点多钟，我估计此时父母都去上班了，家里也没有人。

谁知我扭动门锁的时候，门突然从里面被打开，母亲站在门里看着我。显然那天的气还没有消，她大声吼道：“你这个死丫头，不是不喜欢这个家嘛，你的翅膀硬了，可以飞走了，还回来做什么？”

母亲的声音在楼道里回荡，身后的李子和安安也听得很清楚，我回头看了看他们两个，有些尴尬地僵持在那里。我想，如果身后没有客人，我一定会转身走掉，再也不回来。

“谁啊？”父亲的脚步声从里屋传来，很快他便看到站在门外的我，“哎哟，豆子回来了。我说孩他妈，不是说好不发脾气了嘛，你看孩子难得回来一趟。”

“哼！”母亲瞪了我一眼，张张嘴还想要说什么，忽然她看着我后面笑了起来，态度也来了一百八十度的大转变，“哎哟，这不是李……李……”

“阿姨，我是李子。”李子一边回答母亲，一边伸手轻轻拍着我的后背。我知道他是想要安慰我尴尬的情绪，不想让他和安安看到更多不堪，我也努力让自己安静下来。

“快进来，快进来。”母亲热情地把李子和安安让进屋，还回头冲父亲喊，“老头子，这就是我对你说的豆子的那个朋友。”

看着母亲像川剧变脸那样，我很无奈地叹了一口气，转身拉着行李箱进了屋里。安安随后跟了进来，只剩下李子和父母在客厅里寒暄。我就听母亲对李子说：“李子啊，刚才不好意思。这个丫头走那天也没有和我们打招呼，我们这几天一直惦记她。她如果早告诉我们是和你一起出门考察项目的话，我何至于这么担心她。”

母亲的话引得我心中一阵苦笑，从小到大总是这样，每次训斥我时都像是失去理智的疯子，不问青红皂白一顿责骂；一旦有外人出现在场，她马上就会换上一副慈爱的嘴脸，让别人以为这全是我的错。

“考察项目？”李子愣了一下，马上反应过来，“唔，是啊。阿姨，这次不怪豆子，都是我的错，我们走得太急促，应该提前告诉豆子一声，也好让她给二老说一下。”李子大包大揽地把所有责任都揽在自己身上。

“老头子，你瞧瞧，我就说李子是一个懂事的孩子嘛。你还不信，现在你相信了吧。”母亲夸完李子，话题又绕到我身上，“李子啊，这怎么能怪你呢。我自己的丫头我还不了解吗？她就是这样，什么事情都不和我们沟通。别说这个小事情，她就连工作辞职的事情也不和我们商量的。”

“孩子妈，”一直沉默不语的父亲突然打断母亲的话，“你去给客人倒杯水。”

“哎哟，看我这记性，竟然忘记了倒水。”母亲站起身来，话题却并没有被父亲打断，因为走到厨房去，所以她更提高了嗓门，声音一字一句如雷般炸进我耳朵里，“李子啊，你说那么好的一份工作说辞掉就辞掉，以后可怎么办啊？现在就业这么难，上哪儿去找那么好的工作啊？而且又和男朋友分手了，要是有个男朋友呢，结了婚过小日子去，我也就放心了。”

听母亲像是恨不得把我所有的事情都抖搂出来，我心底涌起阵阵愤怒。我抬头看向客厅，却正碰上李子的视线。他看着我，嘴里回答母亲说：“阿姨，您别急。豆子会安排自己的生活的，她现在虽然辞职了，但她做自由职业者所挣得薪水也不比上班少的。前几天她写了两篇文章就挣了8000元呢。”

“真的？”母亲和父亲都很惊诧，“写文章能够挣那么多钱？”

“当然是真的。豆子的手机里就有银行信息提示，是××公司给她拨过来的稿费呢。”李子冲我喊，“豆子，你把那短信给阿姨和叔叔看看，让他们也好放心你。”

父母都回头带着求证的目光看向我，我只得翻出那条短信给他们看。母亲看完那条短信，脸上乐开了花，对我的态度也在一瞬间变得柔和起来。按理说矛盾解开了应该高兴才是，而我却开心不起来，我转身走回屋里怏怏地坐下来。

“豆子姐，对不起。”安安忽然没头没脑地冒出这样一句话，让我一愣。

第十七章　尼汝牧歌

48. 永远的朋友

“安安，怎么了？”

“我现在知道姐姐为什么不愿意我和表哥来你家做客了。你不是拒绝表哥，是因为你妈妈，是吧？我还以为你是故意拒绝我表哥呢，我想帮我表哥一把，所以才会那样说，哪里知道会让豆子姐为难呢？早知道是这样，我就不求姐姐带我们来了。”

“哟，你这个小丫头，小心思咋这么多。”我伸手揉了揉她的头发。

“豆子姐，你上次在羌寨时说有父母也不一定能够快乐，我现在终于能够理解你为什么会那么说了。”安安过来挨着我坐下，搂着我的一只胳膊以示安慰。

沉默了一会儿，她又说：“不过，我觉得这样还是挺幸福的，最起码你进家有人和你说话，不管是安慰你还是吵你，都是在乎你啊。所以豆子姐就不要难过了，好不好?”

“嗯，你说的有道理。”我握住安安的手，心里有一丝羞愧。安安本来一直陷在自闭中，但一次旅行就能让她达到自我救赎的目的，而我每次都想要原谅他们，但真的面对的时候，我却总是被主观情绪打败，我好歹也是一个二十多岁的成年人，心里还不如一个孩子豁达。

父母对李子热情得简直过了头，他们以天色已晚为理由，执意留下了李子和安安。并在楼下的酒店里订了一桌酒菜，这绝对是我家待客的最高级别。

我对李子说这话时他笑了起来。他说：“能得到阿姨和叔叔的认同，是我求之不得的事情。刚才进来的时候，我真没想到阿姨会生那么大气呢。豆子啊，以后你有事情还是先和他们沟通吧。”

“这与沟通无关。如果我是一个男孩，她一定不会是这个态度的啦。女孩和男孩终究是不一样的。”

“豆子，你这是什么话?”李子惊诧道，“现在这个社会，哪儿还分男孩女孩的，而且即使要分，也是会更加宠爱女孩一些吧。”

“唉。”我叹了一口气，没有再说下去。我对李子有一种莫名的信赖感，当初我和廉的事情就是因为这种信任感才会对他说出来的，而现在担心再说下去的话，我会忍不住把过去的不堪全部说出来，但我已经决定要忘记过去的不快乐，所以那些不堪的过往还是不要再提了。

不过父母重男轻女的态度终究是改变不了的，这一点即使我不说，李子也很快发现了。晚上我们从酒店回来后，安安困了先去睡觉，我们几个人坐在客厅里聊天。不知怎么的就聊到安安身上。得知安安的父母遭遇灾祸，只留下她一个人在这个人世间时，父亲和母亲都倒抽了一口气，然后异口同声地说："只可惜是一个女娃，女娃迟早是要嫁出去的，嫁出去的闺女泼出去的水，所以根本算不得是子孙后代。"

李子皱了皱眉，然后看向我，脸上露出一个了然的神色。我想他终于还是明白了我妈为什么会那么愤怒地对我的真实原因。

我本以为自己已经和父母沟通过，就可以踏实地在家里住一段时间了。但很快我就和母亲再次争吵起来，这次是因为李子。母亲说李子是个优秀的男人，要我不要错过他。

我心想这都是说的什么啊，李子对我好我知道，但我对他真的没有那种魂牵梦萦的感觉，如果当初没有与廉相恋，也许我会接受李子。就像是一个从来没有喝过蓝山咖啡的人，从来没有领略过蓝山咖啡那种浓郁香气和独特风味混合而成的味道，因此觉得喝到普通咖啡那淡淡的味道也不错一样。但我偏偏已经尝到了那种让人回味无穷的味道，再要我回头去喝普通的淡淡咖啡，我怎么会答应?!

但母亲大有逼婚的架势。她不但自己给李子打电话，还逼着我也给李子打电话。我想这不是骚扰嘛，误导了李子也不好，为了躲避母亲的逼婚，我索性再次提起了行李箱。这次我去了丽江，之所以选择那儿，是因为我在论坛上看到了廉写的关于丽江的游记。这是我们分手后，廉写的第一篇关于行走的游记。我想，他终于又做回那个自由的行者了。以前我们在一起的时候，知道我排斥出去行走，因此他整整半年都没有去旅游过，不知道每个午夜梦回的时候，他会不会想起那些清新的空气和路上美丽的风景？而今，他又做回了那个追寻自由的男子，我不但不排斥，甚至为他有些高兴。

在路上，我接到李子的电话，原来是我母亲把我的出行计划告诉了他。李子在电话里叮嘱我注意安全，照顾好自己。然后叹息说："豆子，有时候我真想抛开这一切，陪你去行走。"

"别这样想，你现在这样很好啊，既照顾了家人尽了孝心，又有一份高额薪水的工作，而且假期的时候你还可以出去旅游，三不误嘛。"

"你说的没错，但我不是担心你的安全嘛，想要留在你身边照顾你，这样就不会总牵挂了。"

李子的话让我的心有几分悸动，不过我想不能再误导他了。虽然现在是一个盛行玩暧昧的年代，但我想要和李子做真正的朋友，所以我不能一边不会爱他，一边还享受他的爱，这对他很不公平。我说："李子，你知道我为什么这次选择去丽江吗？"

"为什么？"

"因为廉。"

李子沉默了。

我可不想失去这样一位朋友，在我看来，爱情固然重要，但友情却能让生命温暖，与爱情同样重要。于是小心翼翼地问："李子，咱们永远都是最好的朋友，是吧？"

“是的，豆子。”我清晰地听到话筒那端李子在艰难吞咽唾沫的声音，这让我很是内疚。但是爱情掺不得半点虚假，虽然我还不知道自己的爱情在何方，但我可以肯定我不爱李子。良久，他哑着嗓子问：“豆子，你们又在一起了吗？”

“没有。”

“当初他一句话都不说就离开了你，现在你又去找……唉……豆子，我是担心你再受到伤害。”

“我不是去找他，我只是在兑现一个给我自己的承诺。”我想起当初廉和我在一起的时候说过的一句话：豆子，我多么想要带你走遍千山万水，让你去看一看另一个不同的世界。我说，好吧，你等我爱上旅游并能放下一切的那一天！那时候我是那么抵触行走，我想永远也不会有那一天的。但廉的突然离开让我改变了这一切。

“那好吧，豆子，去做你想做的吧。”李子说，“如果不开心，记得给我打电话，咱们永远是朋友。”

李子一句简简单单的话，却让我在动车上泪如雨下。对面的小朋友对她妈妈说，看，那位阿姨哭了。她妈妈说，嘘，小点声，阿姨一定是遇到伤心事了。母女两个用同情的目光看着我，却不知道我的心中充满了浓浓的感动。

49. 让人愿意醉死的地方

丽江古城坐落在云南省丽江市大研镇，宛如一颗璀璨的明珠坐落在玉龙雪山下丽江坝中部，而四周的高山则是天然屏障守护着她。

廉在游记里说丽江是一个世外桃源，美丽得让人魂牵梦萦。在那儿，不但可以感受到迷人的纳西文化，而且晚上可以看着满天的繁星入眠，清晨睁开眼睛可以远望皑皑雪山。

廉说的没错，还没有看见古城，首先撞入眼帘的便是洒满了阳光的玉龙雪山。它仿佛张开双臂呵护着丽江古城。如果说玉龙雪山是一个巍峨雄壮的男人，那么，丽江古城就是一个充满了灵秀的婉约女子。她柔顺地偎依在雪山怀里，诉说着千年不变的情话。

七月的丽江是旅游旺季，到处都是赶去丽江度假的游客，抱团的、成双成对的，还有背包客……

古城的每一个角落都是热热闹闹的，但置身其中的我心里竟有几分孤单，这是我自行走以来，从来没有过的体验。或许是因为想起廉的缘故。

廉还在这座古城里吗？

我心中暗暗嗤笑自己：豆子，你该醒醒了，半年相恋，半年分手，你和他已经是路人了！即使相见又能怎样？最多也只能是一句“你好，好久不见”而已！

到达丽江的傍晚，我在街头意外地遇到了苏苏，这让我惊喜不已。苏苏告诉我，她来丽江好几天了，认识了许多驴友们，他们明天会去香格里拉一个叫作尼汝的地方徒步。苏苏问我有没有兴趣一起去，我正愁孤单无法排遣，听苏苏问我，连忙迭声说好啊。就这样，我被苏苏捡上了她们的临时旅行团。

这是一个由三个人组成的旅行团，东北的美女苏苏、北京的帅哥阿谢和湖南妹子甜甜，现在又加上了我。阿谢曾经去过那儿，所以他便成了团里的首领。他告诉我们，先坐大巴车到中甸后，再包车去往尼汝。

从丽江到香格里拉需要三四个小时的行程，一路上，苏苏和我讲起别后的经历。当她得知我又去了凤凰、李庄等古镇时，说："豆子，还记得我们说过的话不，你果然有做骨灰级驴友的潜质。我想照这样下去，只怕你很快就会将全中国的古城镇都走遍。"

"我现在已经把心态放下了，行走多少地方不是目的，在行走的过程中找到自己、修行自己才是目的。"

"对，你这话说出了众多驴友们的心声啊。"阿谢插言说。这个清华才子长得瘦削白净，但却是一个资深驴友。我说不可能。阿谢问：为什么不信我？我指着他的皮肤说：你白净细腻的皮肤出卖了你。阿谢大笑，这没办法，我天生一副好皮肤，无论在外面晒得多黑，只要在屋里待上三天，一定会恢复过来。看着阿谢得意的样子，我们三个女孩光剩下羡慕嫉妒了。

如果没有遇到苏苏她们，我想我不会知道尼汝这个地方。对于这个地方，去过一次的阿谢最有发言权，他告诉我们，尼汝村位于香格里拉境内，由于自然生态和人文生态保留完整，因此被联合国教科文组织封为"世界第一村"。因为它景色迷人，处处充满了神秘，所以又被称之为小香格里拉。我们问他那儿景色有多美，他想了想说：这是一个美丽到无法用文字描述、让人愿意醉死在那里的地方。

阿谢在车上就已经联系好了包的车，是当地一辆越野车。我们到了中甸，司机大哥已经在那里等候了。看到阿谢，他热情地打着招呼，原来阿谢上次来和他成了朋友。因为要徒步，还有在野外露营，所以除了我之外，他们三个人都有带帐篷，不过我也买了很多食物，我们大包小包地把行李放到越野车上，然后出城向尼汝而去。

刚开始是柏油路，还不觉得难走，可到后来便成了碎石子路，汽车有些颠簸起来。好在路两边湖光山色，鸟语花香，让人心旷神怡，倒也不那么觉得难熬。很快来到属都湖旁，我们停下车来。司机大哥告诉阿谢，已经提前帮我们约好了向导。这种事情就交给阿谢了，我们三个女孩子完全沉醉在青山环绕的属都湖美景里，湖水碧波荡漾，清幽静谧，让人疑为世外桃源。直到阿谢喊我们，这才回过神来，只见两名牵着马匹的当地人从山上的树丛中走出来，原来是我们的向导到了。

我们辞别了司机大哥，把行李绑在马背上，然后跟随向导向前行进，很快来到迪杰牧场。一望无际的牧场上到处盛开着灿烂的杜鹃花，空气中到处弥漫着清幽的香气，微风轻拂，花儿便随风摇曳。而在一片片草甸中，星星点点地怒放着一些蓝紫色的小花，躺进那草里，在草的高度，看着那紫色小花摇曳出一片蓝色的模糊梦境。心头那些尘世的喧嚣和纷扰渐渐拂散开去，这一刻真有些不知“今夕是何夕”的感觉。

过了迪杰牧场一路前行，魂牵梦绕的尼汝村在远处青翠的密林中若隐若现。“尼汝”在《中甸县地名志》中，解释为“眼角”，意思是因为地形像眼睛而得名。站在高处向尼汝村远眺，还真有几分道理。只见一幢幢白色的藏房坐落在青山绿水间，阳光下，忽隐忽现的经幡有红、白、绿三种颜色，在微风中轻轻飘荡。清澈的尼汝河仿佛一条翠绿的哈达，环绕着幽静的村落，又像是一根碧绿的玉带，守护着尼汝村这颗天然的珍珠。

阿谢告诉我们，尼汝村曾经是一个人迹罕至的村落，人们过着日出而作、日落而息的悠然生活，宛如世外桃源一般。但是自从被游客发现之后，外地人纷纷而至，淳朴的尼汝人也增添了一些现代的气息。看见游客们，他们会热情洋溢地端出自己酿制的青稞酒，在甜美的敬酒歌中，为客人敬上一杯酒。这时候，无论你是否有酒量，可都是要喝的哟，因为任何人都无法拒绝质朴好客的尼汝人那份热情。

进到尼汝村子里已是傍晚时分，我们去了其中一位向导家里。他家热情地做出美食款待我们。在这些食物中，有一种特别好吃的美食名为“雪里雪落”。它是把荞面用温水揉成团状圆子，用水煮熟后切成小块，和碎奶渣、红糖粉混合均匀，再放入酥油汤中煎炒出锅，它兼具酸苦甜酥等味道，就一口酥油茶，吃一口雪里雪落，我发现原来荞麦做出来的食物竟然可以如此的美妙。

50. 放牧女孩的孤寂

晚上，我们便夜宿在这家人的地板上。因为白天走路的缘故，我睡得特别香甜，竟是一觉睡到天明。在鸟语声中醒来时，他们三个早已经梳洗完毕，正在整理背包。阿谢说我们今天晚上便要夜宿高山上的牧场了。从来没有在高原上露宿的我既兴奋又期待。

我们吃完饭，跟随向导沿着狭窄的土路向南宝牧场进发。我们一路上坡，在翠绿的山林中爬升。

穿行于林中，看涓涓溪水在林中流淌，路边的石头上长满了青苔，太阳钻过树的缝隙投下斑驳陆离的光影，一阵风吹过，那些缠绕在树枝上的藤萝便随风摇曳，置身在这仙境般的世界中，清新的空气涤荡了尘世间所有的疲惫倦怠，一颗沾满俗尘的灵魂变得洁净而空灵起来，整个身心都浸润在愉悦中。生命，原来可以如此美好和轻松。廉，如果你能在这儿，该多好！

想他做什么？一个不相干的人而已，我暗暗唾弃了自己一把，加快了步伐。

可能是在路上耽搁的时间太多了，到了色列湖垭口时已经是中午时分，垭口下有一个牛棚，牛马在悠闲地吃着草，牛棚里的藏族阿妈看到我们，笑着点头致意，她的笑容是那样质朴纯粹，让人也情不自禁地跟她笑起来。

早晨没有吃饭的苏苏和甜甜直嚷饿得走不动了，阿谢和向导说了几句话后告诉我们，在这儿午餐。大家兴高采烈地打开买来的食物吃起来。看到我们吃饭，藏族阿妈转身走进牛棚里，不一会儿，一个十多岁的小姑娘提着水走了过来，她说她阿妈担心我们没有水喝，所以让她给我们送水过来。藏族阿妈的热心肠让我们感动不已。

我们也热情地邀请小姑娘吃东西，小姑娘有些腼腆地摇头拒绝，不过最终她没有抵过苏苏和甜甜的热情。小姑娘会说一些简单的汉语，她告诉我们，她今年十五岁，整个夏天都和妈妈在牧场放牧。苏苏问她上学吗，她摇摇头，说曾经读过几年小学，但后来便不读了，因为家里只有母亲一个人，母亲的牛棚需要人帮忙。说话间，小姑娘的目光总是落在我们的相机上，看得出来，虽然我们的食物都是山里没有的，但相机比食物更有吸引力。

吃完饭，我们开始上山。小姑娘跑进牛棚里和母亲说了几句话，然后跑回来告诉我们，母亲同意她跟我们翻过垭口去玩一会儿。我们叽叽喳喳地沿着山路向上攀登，小路蜿蜒陡峭，路边开满五颜六色的花儿，虽然都是不知名的小野花，但在阳光的照耀下娇艳鲜亮，极为惊艳。

甜甜被这美丽的景致所诱惑，情不自禁地哼起许巍的歌曲《旅行》来："总是走在漫长的路上，只有青山藏在白云间，只要我轻声呼唤你，蝴蝶自由穿行在清涧，看那晚霞盛开在天边……"随着她的歌声，我们三个也跟着哼唱起来，随着海拔度升高，我们的声音也越来越大，歌声在树林中飘荡。

但山路实在是陡峭了，我们这些城市人攀登起来很吃力，所以我们的歌声渐渐地低了下去。就在大家都累得哼唱不出声音来时，小姑娘忽然开口唱起歌来，她的声音高亢嘹亮，有如一只鸟雀穿过树林，直向天空飞去。我们几个都听得呆了，如果说声音也可以用惊艳两个字来形容的话，那么小姑娘的声音绝对配得上这个词。

小姑娘告诉我们，她和阿妈在山林中放牧，无聊的时候便会唱牧歌来解闷。一曲唱罢，我们竟是听得不过瘾，大家纷纷鼓掌邀请小姑娘再来一首。小姑娘也不扭捏，而是大大方方地唱了起来。小姑娘的歌声让我们忘记了疲惫，大家的脚步也变得轻快起来。

大约两个小时后，我们终于爬上了海拔4200米的色列垭口，眼前出现一片平缓地带，长满了灌木丛，再往前走，便到了色列湖。

小姑娘在湖边忽然停住了脚步，她告诉我们，只能送我们到这里了，否则她回去该天黑了。她还从口袋里掏出三块小白石头，说是她母亲送给我们三个女孩子的，据说这个放在玛尼堆上可以保平安。

我们被藏族阿妈的善良感动了，大家都拍了好几张与小姑娘合影的照片，阿谢许诺下次来一定会给她带来，小姑娘开心地笑了。

小姑娘并没有先走，而是执意要看着我们走远。当我们走的时候，她竟然哭了，一个劲儿地抹眼泪。我不知道她为什么哭，苏苏肯定地说是因为山上的寂寞，我听了这句话心里酸酸的。当城市里的人羡慕你生活的环境静谧清幽时，却没有人看到你的孤独和寂寞。

后来爬到一个有玛尼堆的地方，我们三个把小姑娘送给我们的白石头放在玛尼堆上时，山下的树林中再次响起小姑娘高亢的牧歌声，那歌声犹如天籁在空中缭绕不绝，经幡在歌声中随风翻飞起舞，像是在祝福我们一路平安，而我却想把这份祝福送给放牧的小姑娘，但愿她的牧歌不会永远孤单。

穿过色列湖，平缓下行不远，便进了成片的高山草甸，阿谢告诉我们，这便是南宝牧场了。牧场上到处都开满了花儿，我们仿佛在一瞬间走进了一个花儿的世界。

再往前走，一个和色列湖差不多大小的湖泊出现在左前方，这便是南宝湖了。南宝湖分为两个湖，其中南宝黑湖在藏语中叫纳波措娜，意为“天边黑色的湖”。湖面海拔约4000米。由于湖底泥炭藓、藻类和地衣等植物繁生，使湖面呈现黑色，尼汝人称之为“措娜”；黄湖在藏语叫纳波措学，意为“天边黄色的湖”，与纳波措娜近在咫尺。一黄一黑，神奇迷人，交相辉映。

晚上，我们在南宝牧场露宿，两个向导则借宿在牧场的牛棚里。站在高山湖泊间，看马儿悠闲地在牧场上漫步，看树木悠闲地等待老去，享受着这世外桃源的悠闲，我竟有一种时光静止不动的错觉。

我对苏苏她们说：“如果可以，我真想就这样一直待在这里。”苏苏和甜甜也连连点头，不过很快甜甜便担忧地说：“就是不知道会不会像那个小姑娘一样变得孤独而寂寞。”

我和苏苏都沉默了，我想如果真是那样，我能抵御得了那种孤独吗？不能，从这一点来说，小姑娘比我要坚强。

第十八章　情断丽江

51. 艳遇不只是个传说

三天后，我们恋恋不舍地离开尼汝，折回丽江去了。上一次来的匆忙，而且游客众多，只是随着人游走，所以我根本没有来得及细看这座古城。这次我终于有机会细细打量它了。

当汽车慢慢滑进古城，我发现这座始建于南宋，距今约有800年历史的古城因为远离现代化都市的喧嚣而显得厚重和古朴。明渠依着小巷的地势逶迤蜿蜒，清澈的渠水潺潺流淌，青色而干净的石板小路迂回转折，时而会有三五个妇人，挑着担子行走在石板路上，与我们擦肩而过的时候，她们便会冲我们浅浅一笑，然后悠悠地消失在了巷子深处。

苏苏本来打算从尼汝回来就离开丽江的，但她执意要做我的导游，因此我们和甜甜与阿谢辞别，他们两个离开了丽江，而苏苏和我则住进了一家青年旅社。我们两个在丽江的大街小巷里谈天说地，一起挂愿望牌，一起晒太阳，一起砍价，一起拍照，一起认识新朋友，一起爬山，一起泡吧，一起互相安慰。

苏苏告诉我，古城最繁华的地方当属四方街。那里有丽江特有的旅游纪念品，如纳西族手绘锦、东巴壁画等，所以但凡是来这儿的游客，都会去那儿买一些纪念品回家。苏苏告诉我，她去过那儿两次，热闹是热闹，却也嘈杂和喧嚣得很。我害怕那份嘈杂和喧嚣破坏了这份静谧，于是我们两个便绕开四方街，只在大街小巷里游串。

丽江古城著名的三眼井让我们常常停住脚步。这三个水池顺着地势从上到下依次排列有序。经常有几个纳西妇人在水池边做事。上面的在挑水，中间的洗菜，下面的则洗衣服。一切都是那样井然有序，而且体现了节约用水的环保理念，让人不禁看痴了去。

行走在幽静的街道上，我只感到骨子里竟生出一股慵懒的气息，全身心也放松下来。仰起头来，透过古色古香的房屋，远远地看到巍峨的玉龙雪山，在阳光照射下，散发着晶莹的光芒，不禁让人有一种置身于世外桃源的错觉。

两天后，苏苏的假期结束了，她买了回家的票。

我和苏苏住的是一间双人房，苏苏刚走，一位背着双肩背包、一身学生打扮的女孩就住了进来。她一进屋就问我有没有万能充电器，而我们也由此熟络起来。她告诉我，她是在昆明读高二的学生，最近的复习让她很累，心情也极为压抑，她想要逃离生活，因此上午刚考完试，她便直接搭上来丽江的飞机。充上电后，学生妹便拿着一本丽江自助游书籍出了门。

原来学生也可以这么潇洒地说走就走，我不由得感叹这些90后对生活的豁达心态。

晚上，我在大水车那儿再次碰到学生妹，她和一个长头飘逸的女子在一起。学生妹开心地告诉我，没想到会在这里遇到她好朋友的姐姐。她还告诉我，这也是一个喜欢旅游的女子，这次是专门来丽江见男朋友的。学生妹告诉我："哎，你知道吗？她的男朋友就是在来丽江旅行时相识的哦，这次是专门来见男朋友的呢。所以说丽江是一个有艳遇的地方，果然是没错的啦。"

"什么男朋友不男朋友的，你这个小丫头，嘴还真快，说你是不是也想来一次艳遇啊？"那女子笑着拍了一下学生妹的头，虽然是责备，但话语中却是极为开心。

"我也想啊，"学生妹吐吐舌头，"但你以为是谁都可以有艳遇的啊。你那位帅哥男友可不多见，一般都是普通男人。而且阿姐你这么漂亮，也只有那个帅哥配得上你呢。"

我的注意力本来一直在学生妹身上，听她这么一说，我不由得多看了这个女子几眼，只见她长得明眸皓齿，极为清秀甜美。我心里暗暗笑，难怪她会有艳遇，这样的女子任谁也会心动吧！

晚上，因为一个人不愿意在街上瞎逛，因此我早早便回了旅社，窝在被窝里写文章。学生妹一直到十点半才回来，她梳洗完毕后，也趴在床上打字，一边打一边感叹："一个月前，我阿姐阿冉在这里遇到了那个男的，只在一起了两天，便爱上他了，一个月后她回来找他。丽江果然是一个容易有艳遇的地方，我以前一直不信，今天终于相信了。”

“才一个月就爱得那么深？”看她无限遐想的表情，我忍不住打击她，“小姑娘，能轻易发生艳遇的男人，很多都是风流子，不一定靠得住的。”

“不会吧，起码这个男人不是。”学生妹说，“我经常去好朋友家，所以知道阿姐是一个很慎重的人，从来不会轻易爱上一个人的。我好朋友家是当地有权有势的人家，而且父母对孩子的家规也很严。如果是乱七八糟的男人，她父母也不会允许她再回来找的。而且我刚才与我朋友通电话的时候，她告诉我，阿姐如果能把这个男人领回去，她父母就会让他们结婚的哦。”

学生妹的话勾起了我的好奇心，我八卦道：“哦，那你阿姐现在去哪儿了？和她的男朋友在一起吗？”

“没有呢。”学生妹摇摇头，“阿姐说那男的骑着单车去了玉龙千龟山，她明天会包车去玉龙找他。”

“还真是一个痴情女子。”我惊叹不已。

“是啊。”学生妹连连点头，“对了，你去不去千龟山？如果去，咱们两个结伴搭她的顺风车一起去玉龙。如果我一个人去的话，她找到男朋友我就变成电灯泡了。咱们两个去呢，等她找到男朋友，咱们就自己去玩儿，你看好不好？”

“什么是千龟山？”

“我也不知道。不过有人说不到千龟山看一看千龟竞渡，算是白来了一趟丽江呢。”

“还有这样的景致？我先问问度娘。”不查不知道，一查吓一跳。原来位于云南丽江市玉龙纳西族自治县境内的老君山脉是一个世界上独一无二的地貌风景奇观。传说中，太上老君在此处炼丹，后炼丹炉倒，火炭四下倾撒，化成千峰万壑的红色岩石，从而形成这片独特的丹霞地貌奇观。色彩斑斓的红色砂砾岩镶嵌在苍莽的绿树丛林中，宛如碧海中撒上一颗颗艳丽的丹珠，很是璀璨夺目。其中位于黎明村旁的一个山坡上，没有一棵树，光秃秃的全部是红色的岩石，成百上千的小岩石表面风化成美丽的龟裂状构造，形如一只只小龟，因此被人称之为千龟山。

有时候，纯自然风景比起人文景观有着另一番韵味。曾经去过的郭亮洞和郭亮村如此，这个千龟山亦如此。郭亮洞给我的视觉震撼记忆犹新，我想在千龟山一定能够收获别样的体验，于是答应了学生妹。

52. 总有一些相逢让人尴尬

早晨起来，我和学生妹到了大水车那儿，不久，阿冉包的车也到了，我们三个人上了车，向城外驶去。大约三个小时就到了老君山景区。因为不知什么时候才能找到阿冉的男朋友，所以她让那车先回去了。

我们沿着山路向山顶走去，山路在丹霞岩群峰中蜿蜒曲折，很是险峻。不过不用担心会跌落悬崖，因为两边都设置有一条条木头连接起来的护栏。山道上还设置有极为人性化的导游牌，提醒游客所在位置和离山顶的距离，让人一目了然。

因为天气晴朗，所以陆陆续续有游客在导游的带领下攀登山顶。行走到半山腰时，一位导游正指着悬崖边耸立着的两根挨在一起的石柱让游客们看，我们也停了下来。导游告诉大家，这是千龟山一景——情侣柱。细细端详，发现这两根石柱一高一低，像一对情人般地紧紧拥抱在一起。

导游说，传说很久以前，有一位傈僳族姑娘与一个彝族小伙相恋，却遭到两个家族反对。为了爱，两个年轻人逃到山里，最终化成紧紧相拥的石柱，从此再也没有人能把他们两个分开了。望着眼前的情侣柱，我不禁叹息：这样的爱情故事简直比汉族的梁祝之恋还要凄美啊。

我和学生妹在专心蹭导，阿冉却在四处张望，她在寻找她的情郎。等我们听完导游的介绍再回头找人，却发现她已经等不及率先上山了。迟早都是要分开，我和学生妹也就索性随她去了。

我们继续向上攀登，不多久，眼前豁然出现一座直立巨大的山峰，下半部是赤红色的裸露山壁，顶部是一层层的风化石岩，这些石岩呈巨鳞状，一圈圈螺旋而下，远远看去就像是佛陀的头颅，因此又被称之为“佛陀峰”；又像极了盛开的灵芝，因此又被称之为“灵芝峰”。

绕到山峰东侧，山路便走到尽头。前面是大片裸露的红色山岩，山岩被风化成片片巨鳞状，褐红色的石岩包像似一只只乌龟，而岩包上的裂纹就像是乌龟背上的花纹，远远看去，就像是成千上万只小乌龟趴在眼前。当有云雾遮住阳光，光线变得游离隐现时，龟群就像是突然有了生命，整齐地向着太阳的方向移动，千龟竞渡，栩栩如生，奇妙的景观足以看得人目瞪口呆。

而更让我目瞪口呆的是站在千龟山顶的那个与阿冉面对面站在一起的男人，他，竟然是廉！

我几乎不敢相信自己的眼睛，我从来没有想到会在这里碰到他，更没有想到，我竟然陪着他的新女朋友来寻找他。

廉低头和阿冉不知说着什么，阿冉开心地笑起来，那笑声在风中飘荡，也清晰地传进我的耳朵里。我以为自己早已把这段感情放下，但突然看到这个场面，我才发现那一切的以为都只是自欺欺人。除了心痛，我还有几分愤怒。

当初，廉只见我一眼，便说对我一见钟情，甚至愿意为我留下来，我以为我们是对方生命中的唯一，所以在他走后我才会不断地自责、内疚和后悔。而今我才发现，原来他可以和我一见钟情，也可以和别人一见钟情。

我一直陷在失去他的痛苦中，而他却早已经开始了新的恋情。这不公平！

但这又能怎样呢？

我不想与他这样面对面，就在我想要离开时，学生妹却一把拉住了我，她惊喜地指着他们对我说："看，那就是昨天我在阿姐的电脑里看到的那个男人，我阿姐找到她男朋友了。"

"哦。"我装着若无其事的样子，我不知道自己该说什么，但我脑子里有一个念头，就是千万不能让她们知道我和廉之间的事情，这样的见面真是太尴尬了！

“走，咱们过去。”

“不，我有些累，先下山了。”

“啊……”学生妹怔了怔，她看看我又看看阿姐，然后说，“阿姐找到男朋友，就不会和我们一起了的，我和你一起下山吧。你等等，我告诉她一声。阿姐，阿姐……”

“别……”我才想要阻止她，但学生妹已经大声喊阿冉。山顶上的所有游客都看向我们，廉和阿冉也向这边张望过来。

廉看到我，显然也是愣住了。不过很快他便迈开大步向我走来。阿冉紧走几步，一把拉住廉的手，我多么希望那个牵过我的手不要再牵别的女子的手，但廉并没有甩开阿冉，而是任她握住。看着他们牵在一起的手，我真想逃得远远的，永远不要看到这一幕。但我知道自己不能逃走，我必须打足精神面对这一切，而且我要让他知道，他的离去并没有影响到我，我依然活得很好。

“豆子，真的是你吗？”廉看着我，脸上露出难以置信的表情。

“是我。”我点点头，虽然我努力告诫自己要装得若无其事，但我的眼睛却不听我的话，它们直直地向廉和阿冉牵着的手上扫过去，然后落在廉的脸上，“好久不见，看样子你过得还不错。”

“豆子，我……”廉忽然顿住话，他放开阿冉的手，伸过来想要揉我的头发，嘴里有些意外地道，“豆子，你的直发呢？为什么要烫发，你烫发不好看。”

以前我们在一起的时候，他说喜欢看我留长发，所以我便留了又长又直的头发，每次下班回家，廉都会伸手揉揉我的头发，然后才开饭。这个熟悉的动作让我眼眶一酸，我连忙转过头，却发现阿冉和学生妹正满脸疑惑地看着我们，望着阿冉又黑又直的长发在风中飘扬，我心痛得无以复加。我往后倒退了一步，笑着说："我觉得烫发挺好，而且关键是有人夸我烫发好看，别给我摸乱了。"

廉尴尬地缩回手，但一双眼睛却动也不动地盯着我。

阿冉狐疑地看着我们俩问："你们……你们很熟？"

"是！"

"不！"

廉和我异口同声地回答出截然不同的话，把学生妹和阿冉搞糊涂了。阿冉若有所思地看着我，学生妹则好奇地问："你们究竟熟不熟啊？"

"呵呵，我们只是认识，并不熟。你们继续玩儿，我下山了。"说完，我转身急匆匆地向山下走去。

53. 狼狈的逃离

"豆子，豆子。"廉从后面追上来，阿冉和学生妹也追了上来。廉的步伐大，三步并作两步，很快便追上我，"豆子，我一直在找你……"

我心中一酸，我又何尝不是一直在找他。我设想了千万种见面的场景，唯独没有这一种。因为设想那些场景的前提是我们是对方的唯一，而今我们已经不再是对方的唯一，那么找不找、道歉与否都已经没有任何意义了。

在这种时候，我是多么想要躲开他啊。但从山顶到景区门口还有一个多小时的路程，而且只有这么一条路，我能躲到哪儿去？

我索性放慢脚步，等阿冉她们上来，然后大声说：“哦，好巧，阿冉也一直在找你。是不是，阿冉？”

“嗯，是。”阿冉对廉说，“上次我回去之后把我们的事情和我父母说了，他们对你赞不绝口，所以这次我说回来找你，他们都很支持。”

“啊，是吗？”廉看了我一眼，对阿冉说，“可是我在丽江待的时间不是太多了。”

“我知道。我也和爸妈说了，你去哪儿，我就去哪儿。”阿冉娇笑道。

阿冉的娇笑声让我心头发堵，但能怎样？找他吵吗？我们现在已经是路人了。人家谈恋爱是人家的自由和权利。正气闷中，就听廉问我：“豆子，接下来你去哪儿？”

“我吗？”我想，你既然有了女朋友，那么我还没有男朋友岂不是太丢脸？于是我笑着大声回答，“我男朋友在丽江城里等我，我们要去西藏。”说完以后我便后悔了，当初廉计划去西藏，后来遇到我之后就停止了他的行走计划，这一直是他心中的遗憾。谁知他现在有没有去那里？而且更重要的是，这样他会不会觉得我去西藏是因为他，在他有女朋友的情况下，有这样的感受，真是尴尬。

“啊，你要去西藏啊。”学生妹叹道，“那个地方一般人可是很难到的，高反伤不起啊。”

“看你说得那么玄妙，其实咱们这儿就有去过西藏的啊。”阿冉对学生妹说。

“谁？你吗？”学生妹用敬佩仰慕的目光看着廉。

“嗯，我去过。不过，去那儿真的是很危险。尤其是高反，”廉看着我，有些担忧地说，“豆子，你体质弱，还是不要去那儿吧。”

他关切的话语让我差点掉下泪来，这是我们在一起的时候，他经常说的一句话。豆子，你体质弱，不要熬夜；豆子，你体质弱，要多吃饭；豆子，你体质弱，不要总加班嘛。不加班你养我啊？嗯，我养你！曾经的许诺还清清楚楚地在耳边回荡，但人已经都是旧人了，而今再回忆起这些话，竟恍若隔世。

“这位小姐体质弱吗？我看蛮健康的。”阿冉突然插话道。

“是啊，是啊。我身体好着呢。”我大声笑着以驱散心中的悲伤。

“豆子……”

“谢谢你的关心。不过，我还有男朋友呢，他会照顾好我的，而且，”我抬起头看进廉的眼睛深处去，一字一句地说，“而且他绝对不会突然丢下我离开的。所以你放心好了。”这番话如一把锁，将廉的嘴紧紧锁住，一路上他再没有找我说一句话。

到了景区出口已是下午四点，廉说自己的单车存放在客栈里，于是问我们可不可以住一晚，明天还可以去黎光和一线天玩儿。阿冉和学生妹都同意了他的提议。但我却不想和他们再待在一起，有句话说，做不成恋人就可以做朋友，其实那都是骗人的。我连一秒钟都不想和他们在一起，只想逃得远远的，恰好这时有几位游客包车回丽江，我跑过去问他们能不能拉上我。他们看到我身后的那三个人，有些为难。不过当他们得知只有我一个人回去时，他们爽快地答应下来。

我没有和廉他们辞别，而是头也不回地上了车。廉显然没有想到这点，当我坐在车上，汽车慢慢行驶起来时，廉突然冲了过来，他大声喊着什么，但我却一个字也听不清楚，不过我想这一切都已经不重要了。

在路上，我打开手机上了微博，却发现廉给我发来几十条私信，他要我在丽江等他，他有话要和我说。我没有回他，当他已经是别人的男朋友，那么我还会与他纠缠不清吗？当然不。

回到丽江已经晚上，但我依然马上换了旅社。以前我是那么渴望找到廉，那么想要与他亲近一些，为此甚至跑去上海，在他家的小区外徘徊，但这一刻我只想躲得远远的，最好永生不要相见。

第十九章　悟在米堆

54. 是逐放，更是涤荡

对于廉的离去，我曾经是那么的懊悔和自责，我一直都觉得是自己的错，才逼得他离开。而今想来，其实我的不够好是一个因素，而另一个因素便是他对那种生活的厌倦吧。

当他与自己喜欢的美女一起站在山顶看风景时，那种灵魂上的自由才是他最想要的，而这些，是当初的我所不能给他的。

从这一点来说，谁都没有错，错的只是两种不同的生活理念。

但他怎么能对我许诺，怎么能说出我是他一生中唯一爱的女人这样的话?

当我真的相信，他却突然放手，不管我摔得浑身伤痕累累。想到这儿，我又有些怨恨他。就这样一会儿恨他，一会儿为他开脱，辗转反侧了一晚，直到天明时我才睡着了。

不过，没多久我就被手机铃声吵醒了。是李子的电话。他问我在哪里，我告诉他现在在丽江，不过马上就要离开了，但下一站还没有想好去哪儿。

李子笑道：“你不是一直想要去西藏吗？给你一次机会。”

“什么？西藏？”我猛地从床上跃起来。昨天和廉说去西藏只是一时的气话，但谁想到今天就真的能去那儿了。

“是啊，不过不是拉萨哦。”

“那是哪儿？”我掩抑不住自己的兴奋，不管是去哪儿，只要是西藏就行。我想，到那儿后，我再独自去拉萨也未尝不可。

“去林芝。”李子解释说，“老刘不是一直想要把藏族文化融进自己的公司文化理念中来吗，他说道孚那边的规模太小，后来你那个老乡就介绍他认识了林芝的一个朋友，他这次是要去林芝考察，邀请我和他一起去。我想起你一直说想要去西藏，所以就给你打电话了。”生怕我不去似的，李子紧接着说，“老刘可说了，你要是去的话，一切费用他都包了。”

“哈，还有这等美事？！”李子的电话暂时冲散了我的悲伤。我当即上网订票。廉，你是去昆明还是回上海，从此都与我无关，我要去西藏了。

李子说，他们要一个星期后才会去林芝，他让我先回成都与他们会合，然后等他们定下出发的时间后一起乘坐飞机去往林芝。我搜了一下网上的旅游攻略后告诉他，我就在丽江坐车到中甸，然后乘坐去往拉萨的长途班车，一个星期后也到林芝了，沿途还可以看到许多我想要看的美景。

听说要坐四五天的汽车，李子当即反对。他说，豆子，那样太辛苦了，你吃得消吗？我大笑，只是玩儿而已，怎么会吃不消，而且这样的行走才算得上是真正意义上的行走吧！李子见我主意已定，倒也不好再说什么，他只是再三叮嘱我一定要保持手机有电随时开机，这样不至于联系不上我。李子的话让我很温暖，尤其是在这样的情况里。

我马上退房，然后乘车去往中甸。当汽车驶出丽江古城时，我心里有些酸酸的。别了，丽江，这个让我伤心的地方，纵然你有多么美好的艳遇，我以后可能也不会再踏进一步了。一个人钻进牛角尖，总是会认死理，其实任何事情都只是相对的。等我清醒过来回头再看，其实我的这个念头是多么的执拗啊！

到了中甸，去往拉萨的直达班车已经开走了，不过去往德钦的班车还有两张票。我想直达班车会很累，索性坐到德钦再换乘就是了，于是我登上了去往德钦的班车。

从中甸到德钦大约180公里，班车沿着214国道一路向西，公路在群山中蜿蜒逶迤，一路有大江带绕相伴，高山上奇花异木竞相开放，草甸中牦牛悠然自得地吃着草，最耀眼的要数那点缀在高山草甸间的一幢幢民居，在蓝天白云下，散发着浓郁的藏族风情。

我被一路的景色深深迷住了，竟是忘记了所有的伤痛，就连一直担心的高原反应也基本上没有。

因为路上车出了一点儿小故障，所以汽车到德钦的时候，已经是下午五点多钟了。我找了一家青年旅社住下来，打算第二天去往林芝。我打算订一个单人间，但被告知已经没有了，只有一间四人房里面还有一个空铺位。我想，人生地不熟的，也没法再去找，好歹凑合一晚，于是便住了进去。

晚上几个人闲聊起来，我才知道这三个人都是去西藏旅游的，其中两个是同胞姐妹，还是大学在校生，另一个则是徒步走西藏的河南妹子慧慧。那姐妹花是新手背包客，第一次出门便选择了西藏，我和慧慧连声赞叹她们有初生牛犊不怕虎的劲头。慧慧则是一名资深背包客，她这次徒步西藏也不是一个人，同行的还有三名男生。

慧慧拿出地图告诉我们，她要趁这个夏秋季节的几个月，从西藏走到新疆，然后折回内蒙古大草原，最后回到北京。我和姐妹花对她的壮举叹为观止。

第二天早上起来，我们看到了慧慧的三个朋友，也得知他们接下来会去然乌湖和米堆冰川，我动了心。廉以前对我说过，他进西藏，便一定要去米堆看世界上海拔最低、最美丽的冰川。现在我走到这里，而且又恰好与去林芝同路，自然没有道理错过这样的美景。那对姐妹花听说我跟他们去看冰川，两个人嘀咕了一顿后，也请求能够加入这个队伍。于是一行七人搭乘上去往林芝方向的车，浩浩荡荡地向然乌方向赶去。

临上车前，我向李子报了平安，并得意地告诉他，我马上要去冰川了。李子叮嘱我一定要注意安全，我笑着说："你放心吧，我们一行共七个人呢，有人照顾啦。"我挂上电话，才发现所有人都在看着我。慧慧捅捅我的胳膊，笑问："报平安，汇行程，是不是男朋友啊？”

“不、不是。快上车吧。”我拉着慧慧上了车，也岔开了她的话。

我们从德钦出发，沿途的公路紧靠江边，头顶是高高的悬崖，经常会有泥石流发生，很危险。客车行驶大约5小时抵达芒康。平均海拔4317米的芒康在藏语里意为“善妙之地”。我们在这里吃完饭继续上路。

55. 最痛莫过于带着遗像去旅游

两天后，我们到了然乌。

然后租了一辆车，从然乌去波密中途兼玩米堆冰川，收费600元，七个人分摊开人均还不到100元，大家都兴高采烈地上了车。

汽车沿着帕隆藏布蜿蜒前行，大约一个小时便来到位于318国道边的米堆风景区入口处。有道路直通米堆村，因此我们买了门票便开着车直奔冰川而去。公路沿着小河修建，两边是悬崖绝壁，绝壁上布满了裂隙和风化得支离破碎的岩石，很是惊险。而汽车便在这狭窄的峡谷中穿行。

行驶了几公里之后，眼前豁然开阔，一个宽大的谷地出现在前方。但见田园、雪山、村庄、树林相映成趣，这里没有城市的喧嚣和嘈杂，有的是桃花源般的静谧和恬然，让人心旷神怡，仿佛进入了另一天地。

谷地里坐落着两个如诗如画的藏式村落，米美和米堆，而米堆冰川正是因米堆村而得名。踏进米堆村，抬头遥看，只见两条壮观的冰瀑布挂在雪峰与森林之间，宛如两条从高山上遨游而出的寒龙，在阳光下闪耀着银色的光芒。

司机把车停在村落边的停车场，下了车，我们便顺着马道徒步向前。穿过小溪、青稞地，穿过苍翠青绿的山林，翻越一道山一样的"终碛垄"。

大约一个小时后，我们来到冰川末端的冰碛湖旁。它们平静而恬然，像是两个乖巧的孩子偎依在冰川和群山的怀抱中。看着这两个宁静美丽的湖泊，有谁会想到，它们曾经闯下过弥天大祸：在1988年7月15日那天深夜，米堆冰川突发冰川断裂，仅仅几分钟内，便有几千立方米的洪水夹杂着泥石流向下冲去，冲毁了村庄、田地，冲毁大小桥梁18座，冲毁了川藏公路42公里。而如今，时过境迁，大自然早已恢复了当初的美丽，只有远处默默屹立的雪山见证了当年的一切。

站在观景台上看冰川，但见米堆冰川由东西两条冰川汇合而成，在一处悬崖处跌落而成冰瀑布，那两条冰瀑布高达数十米，顶天立地，壮硕无比，在阳光下闪耀着银色的光芒。高达十多米的断裂的冰舌，发出幽蓝的光，让人心荡神驰。而瀑布下方的冰面上那些横向的伸向前方的圆弧，加上冰川表面的冰碛物形成的一条条黑白条痕，像一道道波浪起伏的黑白弧拱，很是迷人；极目远望，只见两座雪峰仿佛两把圈椅东西并列在冰川背后，很是壮美。

这样的美景怎么能不拍照？！这时我才发现慧慧和她的朋

友沿着湖的左面向冰川走去，他们是去和冰川做亲密接触。而那对姐妹花则相互拍照，不亦乐乎，一时半会儿是顾不上帮我拍照的了。

我叹了一口气，想，一个人旅行，最痛苦的莫过于找不到一个可以帮自己摄影的人了吧？这时，正好有一个身穿黑衣的女子走上观景台来，我连忙走过去，请她帮我拍几张照片，她点点头答应了。

帮我摄了几张照片后，她便把相机还给我。我看她是一个人，于是提出可以帮她拍几张照片，谁知，她却摇了摇头，婉言谢绝了我。她只是静静地望着壮美的冰川。脸上全然没有我们看到冰川的那种兴奋和震撼，而是满脸落寞和悲伤。

我站在女子身后，也抬头看向冰川。但这一次美丽的冰川却无法让我专注，不知道为什么，我总是忍不住看向那个女子。

过了很久，就见她拿出一平板电脑，在明媚的阳光下，我看清那个平板电脑的屏显是一个男子的照片，很帅气。

她对着那张照片自言自语地说："你不是一直想走西藏吗？都是我不好，每次都拦着你。现在我陪你走，昨天咱们看了然乌湖，是不是很美?！今天咱们到米堆了。你说的没错，冰川真的很美，就像你描述的那样。你看。"

说完，她举起手里的平板放在胸前，让那个电脑里的男子对着冰川，她就那样一动不动地托着平板，像是一尊雕塑一般。

看着女子和平板电脑里的男子照片，我忽然泪如雨下。当我们计较亲人的疼爱孰轻孰重、当我们纠结恋人爱恨情仇，却从来没有想到，他们要是有一天不在了，我们会承受怎样的伤痛和失落！与死亡相比，那些恩恩怨怨真的不算什么！活着就好，活着真好！

这一刻，我终于想透彻，在父母的问题上，在廉的问题上，我一直都是以一种狭隘的心态去面对，一直没有跳出小“我”的局限，所以才会那么斤斤计较，才会那么痛苦。其实，计较什么呢，一切都已经过去了，生活需要我们撒手放开过去往前走，而不是一直停留在原地打转。

那个女子给我的触动太大，一回到车上，我就迫不及待地登录微博想要把刚才的事情发在网上，但这时我才发现我的手机和平板电脑都已经没有电了。我有些遗憾地看着那个女子进了旁边一辆越野车，然后消失在我眼前。

56. 廉失踪了

汽车到波密的时候，已经是傍晚六点。

波密县城位于帕隆藏布河北岸，看过电影《2012》的人都知道，这里是建造“诺亚方舟”的地方。但这个地方其实并不大，一条整洁干净的街道贯穿整个县城。

慧慧徒步队的队长从然乌出发的时候就已经订好宾馆。我们在寻找宾馆的时候，发现大街上停留着三三两两的游客，他们聚在一起议论着什么。我们一打听才知道，前方有一段路两天前塌方了，武警正在抢修，不知什么时候才能通过。

现在，我们只好在波密住下来了。我算了算时间，出来已经四天，与李子他们约定的时间是七天后在林芝集合，因此倒也不是很着急。

进到宾馆里，分房间时，我意外地分到一个单间。终于可以一个人安安静静地休息了，我痛痛快快地洗了一个澡，出来后才想起给手机和电脑充电。

当我打开手机时，发现竟有几十个未接电话，有李子的、有刘总的，还有一个陌生的电话号码。我连忙拨通李子的电话。

“豆子，豆子，真的是你吗？你在哪儿？”没等我说话，李子便在那端大喊起来，这与一贯说话舒缓沉稳的李子完全判若两人。

“李子，我在波密县城啊。怎么了？发生什么事情了？”我纳闷地问。

“你还问呢，我不是说，要你每时每刻都要开机的嘛，连续三天你都音讯全无，而且波密那儿塌方了，我们都联系不上你，还以为……”李子忽然打住话，但我却能听到手机里他哽咽的声音。我的心猛地颤了一下，只听李子低声嘟囔道，“豆子，你这个丫头，你是不是想要把人急死？”

“呃，我手机和电脑都没有电了。”李子的焦急让我很内疚，“对不起，李子。”

“豆子，不要你说对不起，我要你平平安安的。你听见了吗？你听见了吗？”

“听见了，听见了。”我感觉自己脸上有热乎乎的液体滑过，我豆子何德何能，生命中能有人如此这般地关爱着！

“豆子，你知道我现在在哪里吗？我现在在林芝。我们今天到达林芝机场，我已经做好最坏打算了，今天再联系不到你，我就告诉你父母，还在网上发布寻人启事。让全世界的人都来帮我找你。”

“李子，都是我不好，千万别告诉我妈啊。”我忽然想起那两个电话，“对了，李子，你是不是把我失踪了的消息告诉刘总和你的朋友们了？”

“我告诉老刘了，老刘现在就在我身边，还有谁打过你的电话？”

“不认识，我打过去问一下。”说着我拨通了那个电话，但却没有人接电话。我连续拨打了好几回，都没有人接电话，我只好作罢。

我和李子又通了电话，李子让我好好休息，不要着急，安心等塌方路修好再过去，他会在林芝等我。我告诉他我拍了很多照片，李子开心地让我上线传给他看。

当我打开ipad登陆上线时，我意外地发现廉申请加我好友的提示。

如果是以前，我想我不会再加他，但从米堆冰川出来后，我已经放下了一切的恩怨，我想，让我们从朋友做起也未尝不可，于是我点了接受，并向他发了一个笑脸。

但廉并没有回复我，想必他不在线，此时或许是和阿冉在一起吧？我有些失神，不过很快便释怀了。

李子此时还没有上线，我于是登上微博，想要把那个女子的事情发表在微博上，谁知我的私信竟然有二百条之多，而且都来自廉。在千龟山那天晚上，他在私信上请求我加他，还请求我告诉他我的手机号码，那天夜里最后一条私信是在凌晨三点，他要我一定要在旅社等他，他有话要和我当面说。第二天，他回到丽江后到处找我，但却没有找到。最后一条是："豆子，你竟是如此恨我吗？"我心一痛，猛然想起那两天我因为伤心加上一直在路上被沿路的风景所迷醉，根本就没有上线。

再接下来是我离开德钦的第二天，廉的私信内容竟然是要我千万不要往前走，理由是波密方向有塌方。后面的所有私信都是一条内容："豆子，你到了哪里？很担心你。"看到这些私信，我愣住了。他怎么知道我真的去了西藏？又怎么知道我那天行走在波密的路上？我想起了李子，除了他，再没有人知道我这几天走这条路去林芝。

李子一直没有上线，我也已经等不及他上线，于是拨通了李子的电话，但这次打过去却总提示对方正在通话中。我连续拨打了好几次，都是如此。会给谁打电话呢？我有些纳闷，不过这终究是人家的私事，还是不要多问。

半个小时后我再次拨打，他终于接电话了。我问他："李子，你是不是和廉通过电话？"因为廉和李子本不认识，而且在西递那次把手机丢了后，我就和廉没有了电话联系，我想不通李子是怎么和廉联系上的。

本来是想要求证李子和廉是否有交集，谁知李子听了我的话却很激动起来，他连声问我："怎么……他和你通电话了吗……他现在在哪里？这个家伙跑哪里去了，我们这半天一直在找他啊！"

"你……你说什么……"我被李子的话弄得张口结舌，"李子，你说你们……你和廉在一起？你们认识？"

"呃……你不知道我们在一起？！不过现在他又不知道去哪里了，我还以为他和你通电话了呢。"

"电话？"我心狂跳起来，"李子，你告诉我廉的电话号码是多少？"我一眨不眨地盯着手机上那个号码，耳朵里清晰地听见李子一个数一个数地报出那几个数字，也一个字一个字地勾起我的回忆，这个号码竟然就是那个我丢了手机便丢失了的廉的号码。他离开了石市半年之久，而他却一直在使用这个号码，意识到这一点，我的眼眶很不争气地潮湿了。

"李子，这究竟是怎么回事？你们怎么联系上的？现在廉又在哪里？"

"是这样的。你离开德钦那天，廉给小米打去电话，询问你的下落。小米告诉他自己也不知道，但她告诉廉，我和你很熟很好，所以就把我的电话告诉了他。然后廉给我打来电话，问你在哪里，我自然不会告诉他，还把他一顿臭骂。谁知廉却说，如果是因为你，我可以打他一顿，但务必要告诉他你的下落。我说凭什么告诉你？廉告诉我你们相遇了，你误会了他，情绪不是很好，你还告诉他你会去西藏，他说他知道去西藏有多危险，他担心你会出意外。廉的话也让我很担心，我也去过西藏，知道高原反应对于一个情绪低落的人意味着什么。所以就把你的行踪告诉了他。”

听了李子的解释，我恍然大悟。原来廉一直在找我，所以才会联系上李子，而且那么高傲的他为了我，宁愿让别人打他骂他，那么他说的误会是什么？我想要和他对话。

“李子，廉现在在哪儿？我打不通他的电话。”

“我也找不到他了。这个家伙不知道跑到哪里去了？”李子告诉我说，“前两天联系不上你，我和廉便决定乘坐飞机来林芝，沿路去找你。我和老刘一说，老刘也吓了一跳，赶紧放下手里的工作和我们一起过来了。这不早晨到的林芝，却被告知到波密的路不通，我和老刘去找他那个合作方，毕竟他是本地人，希望他能帮我们想些办法。我们走的时候廉一个人在酒店里，谁知道我们回来以后，他便不见了。”

“不见了？他能去哪里？”

57. 爱，翻越千山万水

“豆子，你不要为他担心，他一个大男人还能跑丢了不成。倒是你自己，一定要注意安全啊，你待在那里别动，等路修通了我们过去接你。对了，你把银行卡账号给我，我给你划钱过去，你尽管安心住着。”李子的话让我心里热乎乎的，很是感动，有人关心惦念，真好。

我叮嘱李子看到廉，就让他给我打电话，然后才挂了手机。不过，挂完电话后，我的脑子里却全都是廉。自从当初删除他的一切联系后，我便再没有进过他的空间和他的博客与微博。廉当初说的没错，我就是固执，他说了“我们都不要再联系”，我就绝对不会再有任何牵绊，实在太想他时，我就去往他常去的论坛逛逛。

我进了他的空间和博客，但我惊讶地发现，自从半年前我们分手后，他便再也没有更新过。里面有很多朋友的留言，都是问候他平安的话。廉就是一个内敛而成熟的人，他不会在网络上去寻求安慰，所以我们的事情他绝对不会写出来的。

由于有心事，所以早晨我很早就醒了，我和李子通了电话，他告诉我一个让人很担心的消息，廉一晚上都没有回去。我和李子通话时，就听刘总在旁边郁闷地说：“李子，你说这叫什么事儿，刚找到一个，又走丢一个。”

“老刘，你别说了，豆子听到会担心的。”李子和刘总说完才想起手机这端的我，连忙对我说，“豆子，你别着急啊，我想他不会有事的。廉告诉我他前些日子才走过这条路，他知道哪儿危险，所以他不会有意外的。”

“嗯，我不担心，你们两个也不要太着急了。”虽然我心急如焚，但我还是装出轻松的样子安慰李子。挂断电话，我满心疲惫地瘫坐在床上，他家只有他这么一个孩子，而他又是为了我而失踪的。我怎么能不担心？

慧慧和那对姐妹花来敲门邀请我出去逛波密县城，我拒绝了。我要等候廉的消息，哪有心情去逛街？时间一分一秒过去，却依然没有廉的消息，我想李子他们一定很着急地在寻找廉，因此也不敢打电话去询问，所以只能安安静静地等。

大约中午时候，慧慧和那对姐妹花突然兴冲冲地到我房间里：“豆子，街上有一个人找一个名叫豆子的成都女孩，不知道是不是找你？”

“找我？谁？”我惊诧地站起身来。

“他说他是从林芝来的，找一个名叫豆子的女孩。奇怪，不是说林芝不通车吗？他怎么过来的？”

林芝……我不等她们把话说完便冲了出去。我想一定是他，只有他才会来找我。我冲到宾馆外，只见一个男子正站在街对面向一群游客询问着，那熟悉的背影让我眼眶泛酸，果然是廉。

那几个游客摆摆手，廉失望地回过身来，当他看到我时，他呆了呆，随即冲过来一把握着我的双肩，惊喜地大喊：“豆子，真的是你，我终于找到你了，谢天谢地，你平安无事。”

“你怎么会出现在这里？你知不知道李子和我都快担心死……”我忽然打住话，惊诧地看着廉，只见他浑身上下湿漉漉的，头发上有碎草屑，一双鞋子更是沾满污泥，我反手紧紧抓住廉的胳膊，恐惧地追问，“廉，你这是怎么了？”随着我的话音，他的身子软软地向下滑去……

我把廉送进医院，医生检查后告诉我，他是疲劳到虚脱加上高原反应，所以才会如此。休息一下就没事了。听了医生的话，我这才放下心来，也才顾得给李子打电话。

我原以为李子会大骂廉一顿，甚至都想好了替廉开脱。谁知李子在电话那端什么都没说只是叹了一口气，说：“豆子，你没有爱错人。廉是好样的。这几天我们聊了很多，我知道廉是一直深爱着你的，即使是现在他依然深深爱着你。以前你们在一起的时候，你的执拗和自我也伤了他的心，不过现在你已经改变了很多，如果你依然爱着他，就好好珍惜他吧。不要再把他弄丢了。”

我守在病床前，一直等到半夜时分，廉才醒过来。他紧紧攥住我的手，哑着声音说：“豆子，对不起，是我不该不声不响地离开。我说了要照顾你一辈子，但我自己却没有做到，才会有这些波折。我在山上的时候就想了，只要你还好好的，就是要我死，我也认了。”

“傻瓜，谁要你死，我要你好好活着。”我心疼地哭了起来，“医生说你都累到虚脱了。你知不知道这样很危险？”

“我当然知道，但我很惦记你，我无法在林芝等下去，如果在那儿等的话，我会疯掉的。”

“林芝到这儿的路不通，你是怎么过来的？浑身搞得这么狼狈。”

听了我的话，廉咧嘴笑了。他说：“我几个月前回到石市去找你，但你却不知道去了哪里，我只好在家等，但你一直没有回来，我于是决定先去西藏。从拉萨到林芝，然后穿越波密到米堆冰川和然乌湖。这一路认识了许多驴友和当地人。昨天到了林芝，我就向他们打听通往波密的路，他们告诉我，需要好几天才能修好，不过要是着急的话可以找藏民带路翻山过来，我当即决定要徒步翻越塌方区。”

“你为什么不告诉李子他们？”

“我如果告诉他们，他们还会让我来找你吗？”

“嗯，不会。”

“那就是了，我等下去会疯掉的，这一点他们不会明白。”廉的眼睛涌上一股水雾，他闭上眼顿了一下，这才继续说，“我雇了一个当地的司机开车还没有到达塌方的地方，但警察已经设了关卡，为了过往行人的生命安全，他们说什么都不放行。不过我本来就是打算要翻越大山的，所以没有在那里停留，而是跟随司机到了附近的一家藏民住宅，那家的大哥听说我要来波密找你，当即痛快地答应下来。警察们管得很严，他们也不会让游客翻山，因为大山里有很多危险，而且会有高原反应。我生怕被警察逮住，只能和那个大哥猫着腰，从后院悄悄溜出去，就像地道战里的一样。”说着廉冲我做了一个鬼脸，滑稽的样子逗得我扑哧笑了起来。

“进了原始森林，我才发现什么是真正意义上的翻山越岭。根本没有路，全凭藏族大哥的记忆在树林中穿越攀登，那山海拔大约3500多米，而且这夏天冰雪都化了，河水特别深，一直到傍晚时分我们才到达塌方区，我这时候想要给李子打电话，却发现手机没有信号，只好作罢。对了，豆子，这几天怎么联系不上你？莫非李子给我的电话号码是错误的？”

“不是，是我的手机没有电了。”

“哦，下次遇到这种情况一定要记得多带几块电池，有时候一块电池就能保一条命。千万不能大意。”即使躺在病床上，廉依然不忘资深驴友的注意事项。直到我点头说记住了，他这才满意地拉回话题。

“我们到达塌方区时，发现那儿还设有关卡，藏族大哥不熟悉接下来的山路，幸亏他在附近村子里有亲戚，于是带我去他亲戚家。今天早上天还没有亮，我们便又钻进原始森林，要翻过两座大山才能越过塌方区。但翻过第二座大山的时候，我掉进了河里，你别看现在是夏天，但原始森林里那冰雪融化的河水真的是冰冷刺骨啊。幸亏带路大哥把我从水里拉了起来，只是我的手机被冲走了。带路大哥让我把衣服烤干再走，但我想快点赶到波密来，所以就拒绝了他的建议。我们到了路边，带路大哥回去了，我一个人从塌方区那儿挨个地问有没有人看到你，一直问到县城来。但都说没有看到你，当时我想，豆子，再找不到你的话，我只怕坚持不住了，就在这时，你出现了……豆子，我以后再也不离开你了。你原谅我好吗?”说到最后，廉抱着我哭了起来。

我听得出廉的心里的痛苦和纠结，而他为我所承受的一切在他不经意的叙述中已经将我心中所有的悲伤都全部驱散。我没有任何理由去责备他。这个为了我冒着生命危险翻越三座大山的男人，我依然深爱着他。但我不会与他再在一起，因为他已经有阿冉了。

廉听了这句话连连喊冤:“豆子，你真的误会我了。我和阿冉什么关系都没有。当初我去丽江，碰到她喝醉了酒遭人调戏，我将她救了下来，她就认定我为朋友。后来谁知道她是怎么和家里人说的。不过我从来都只是把她当成朋友，没有丝毫别的想法。我的心里一直都装着豆子。”廉的话像是一颗定心丸，让我安心了不少。

即使廉不断地认错，但我清楚地知道，如果当初不是我的蛮横、霸道、执拗和自卑，廉不会离开我。经过这些日子的古镇行走，我明白了每个人都有底线，即使是恋人亦是如此；我也明白人与人相处不是要一个无止境地去包容另一个，而是相互尊重、相互体谅。

虽然我们将来不一定会结婚过一辈子，但现在，我想与廉一起再走一段路。下一个古镇，将会是我们两个携手走过……